图书在版编目（CIP）数据

激情燃烧的火把：彝族阿都文化集/阿都日以著. --成都：四川民族出版社，2014.8（2021.9重印）
ISBN 978-7-5409-5662-2

Ⅰ.①激… Ⅱ.①阿… Ⅲ.①彝族—少数民族文学—作品综合集—中国—当代 Ⅳ.①I291.7

中国版本图书馆CIP数据核字（2014）第262690号

Jiqing Ranshao De Huoba——Yizu Adu Wenhua Ji
激情燃烧的火把——彝族阿都文化集
阿都日以 著

责任编辑 董 冰
责任校对 常丽丽
封面设计 顾海琴
电脑制作 肖菲菲
责任印制 郑 莉

出版发行 四川党建期刊集团 四川民族出版社
地　　址 成都市三洞桥路12号
邮政编码 610031
联系电话 (028)86252337
印　　刷 永清县晔盛亚胶印有限公司
成品尺寸 142mm×210mm
印　　张 5
字　　数 150千
版　　次 2014年12月第一版
印　　次 2021年9月第三次印刷
书　　号 ISBN 978-7-5409-5662-2
定　　价 48.00元

激情燃烧的火把

彝族阿都文化集

阿都日以 著

四川党建期刊集团　四川民族出版社

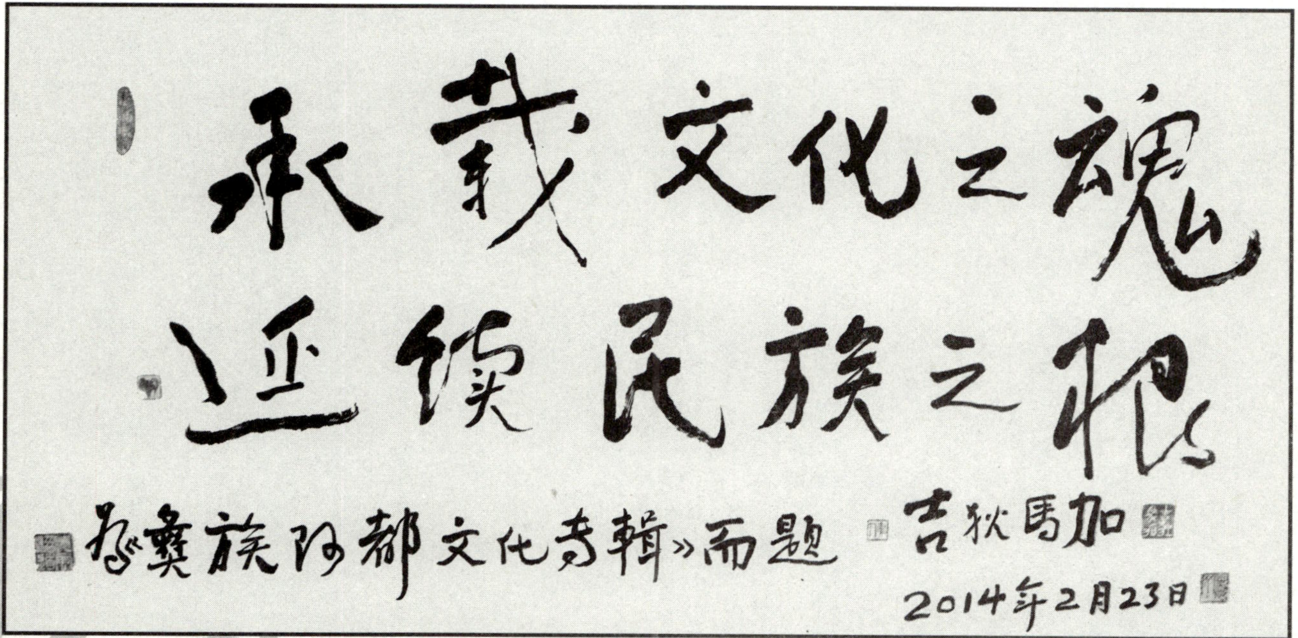
承载文化之魂
延续民族之根
为《彝族阿都文化专辑》而题
吉狄马加
2014年2月23日

吉狄马加（现任青海省省委常委的彝族著名作家）

前 言

凉山四大土司之一的阿都正长官司大约是在明景泰三年（1453）于布拖、普格一带任土司。在少数民族聚居的边远山区设置大小土司，形成世袭制度，这是封建王朝在鞭长莫及的情况下采取的“以夷治夷”的统治措施。阿都正长官司，即阿都土司，彝族称之为“阿都兹莫”。他管辖范围广袤，整个布拖县、普格县（除拖木沟）、宁南松新、昭觉柳且及金阳部分地区都属于他的管辖范围。土司衙门设在布拖吉巴洛补（现光明村）、普格洛乌补子足、勒别嘎特、洛佐、米色特苦五处。阿都土司在这一带的统治时间长达五百年。语言上，布拖彝族人讲阿都方言。

彝族最有名的火把节发源于布拖，布拖也因此被称为“中国彝族火把节之乡”。

布拖，彝语俗称“吉拉布拖”，历史极为悠久，昔日为阿都土司属地。早在两千多年前的秦汉时期，勤劳勇敢的布拖彝族先民们，就在这片古老的土地上繁衍生息，并创造了绚丽多姿、风情浓郁、独具魅力的民族文化。

彝族人具有许多优良的性格特征，如助人为乐、讲守信义、尊敬老人、文明待客等。彝族中的阿都人，尤其是阿都人中的布拖人又具有许多特点：救济解困显本色，客人至上显真情，特产交换情谊深，互助共存建和谐，讲究义气命可抛，暗中告状算小人，偷鸡摸狗被抛弃，名气重于衣和食，夺妻杀父仇恨深等。

新中国成立前，由于特殊的地理环境和社会历史，长期以来布拖一直处于封闭状态，传统文化受外界冲击和感染较少，因此古老的彝族风俗和原生态的传统文化在这块土地上得以延续。布拖民间蕴藏着以火把节文化为代表的具有浓郁地方民族特色的传统节气文化、饮食文化、服饰文化、毕摩文化、苏尼文化、婚俗文化、丧葬文化、手工艺术、民间艺术等传统文化。

作为地地道道的布拖人，我深深爱着布拖这块古老的土地，热爱博大精深的布拖阿都文化。作为一名民族宗教工作者，我认为为本民族文化事业尽微薄之力是我的责任。因此，我时常深入民间，认真搜集、挖掘、翻译、整理布拖阿都文化，坚持写作，用平实的语言写出了一些反映布拖阿都文化的作品，形成了这本《激情燃烧的火把》，希望能对促进阿都文化在保护中传承、在传承中保护，推动阿都文化繁荣发展尽绵薄之力。

本书由汉文部分和彝文部分组成，以原创的吉拉布拖民间文学为主，适当选载在报刊、杂志上刊登过的最能体现布拖文化特点的散文、随笔及彝文文学作品等。

本书在写作和出版过程中得到了很多领导、同事、朋友的支持和帮助，参考了朋友作品中的一些相关内容，在此一并向各位表示衷心的感谢！

需要特别说明的是，本书所涉及的数据都是原文最初发表时的数据，所提到的时间也是当时的时间。由于受人力、物力、财力的限制，加之本人水平有限，书中难免出现差错，恳请各位读者批评指正。

2014年6月20日

目　录

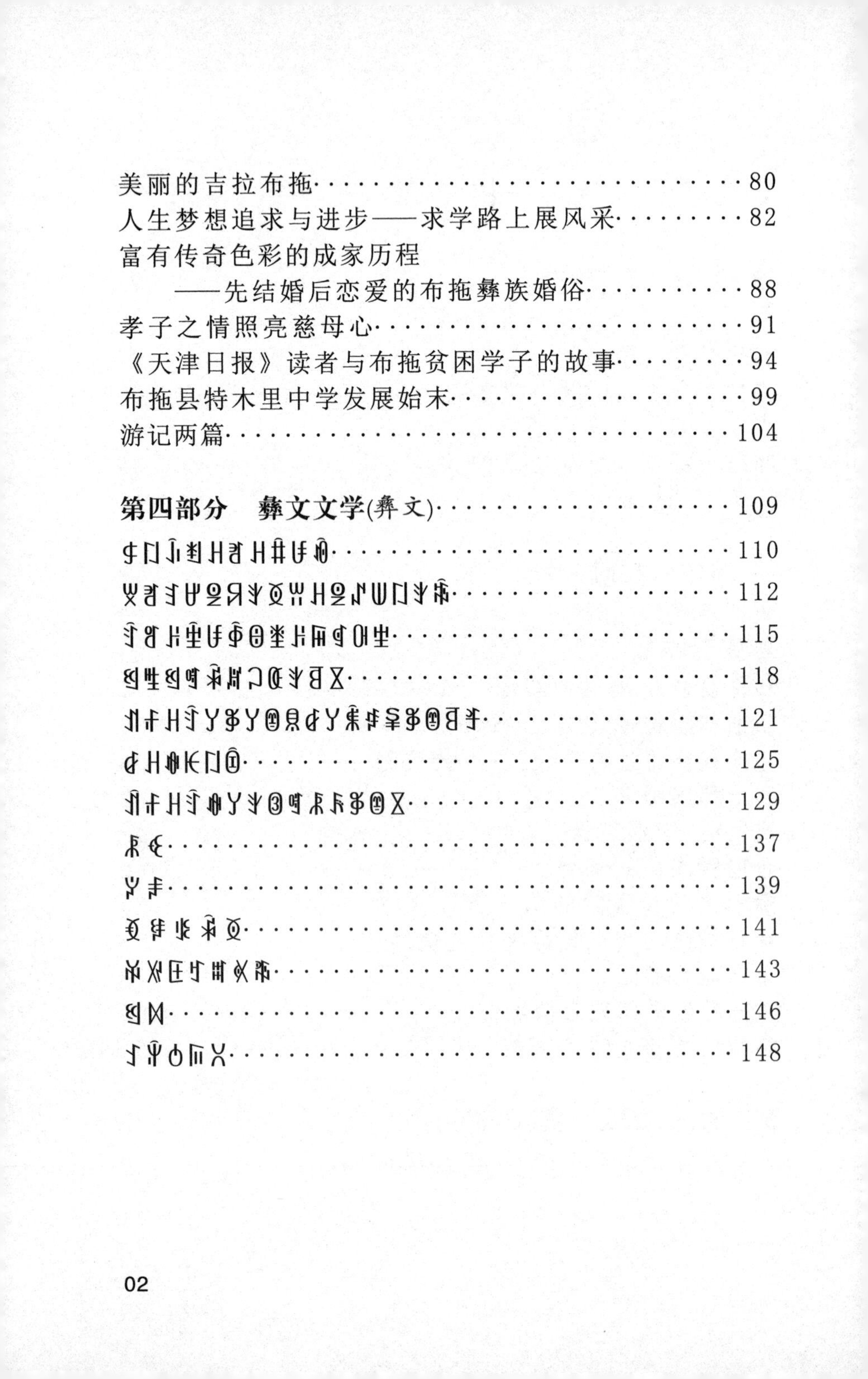

第一部分　节庆文化

火把节来源传说之布拖篇

远古的时候,阴间居住着天神恩梯古子一家，统治着阴间；阴阳之间的地界处居住着格史阿约一家，他们是维系阴阳间的桥梁。阴阳之间有着极深的仇恨。

人世间有一个智勇双全的人叫惹狄毫星。据说，惹狄毫星伸手能顶住天空，击拳能翻倒大山，横卧能挡住江河，在人世间找不到一个摔跤对手，真乃威震四海，名扬天地。他的存在令天神恩梯古子十分苦恼、不安和恐惧，于是产生了彻底消灭惹狄毫星的念头。

恩梯古子委派自己手下武功最高强的勇士火梯火拉巴到人世间来降服惹狄毫星。火梯火拉巴通过格史阿约一家了解到惹狄毫星居住的地方。他来到惹狄毫星家时，惹狄毫星已上山砍竹子去了。面对这突如其来、杀气腾腾的不速之客，惹狄毫星的母亲感到十分惶恐，问道：“你乃何人，有何贵干？”“我是受上天的委派特来跟你儿子比试摔跤的。”火梯火拉巴说。惹狄毫星的母亲告知儿子的去向之后，火梯火拉巴又问道：“你的儿子平时吃什么食物？”老母亲把儿子平时吃的铁铜弹子饭端到火梯火拉巴的面前，他拿了一块品尝，却咬不动，只留下一排牙印，顿时感到胆战心惊，于是跑出去躲在屋檐下一根已腐朽的木头里边，想看看惹狄毫星究竟是一个什么样的人。

惹狄毫星回来后，照例端起自己的食物准备食用，一看便发现自己的食物被别人咬过，于是问母亲：“有谁啃过我的食物？”母亲说：“刚才我端给一个自称是天上派来跟你比试摔跤的人吃过。”惹狄毫星问道：“他现在到哪里去了？”“他走了，不知去哪儿了。”惹狄毫星疾步冲出门外，环视四周，未见其人。他咬牙切齿，握紧拳头，对着那根腐朽的木头说道：“若是他还在，我就如同打这根腐朽的木头一样把他打得粉身碎骨。”话音未落，他已经把腐朽的木头连同火梯火拉巴打得粉身碎骨了。

火梯火拉巴久久没有回到天上，天神恩梯古子感到十分焦急，于是派人到人世间去寻找火梯火拉巴的下落，几经周折，终于得知火梯火拉巴被惹狄毫星打死的消息。这个消息激怒了天神恩梯古子。

天神恩梯古子决定到人世间报仇雪恨，要惹狄毫星偿命债。天神第一次委派鸟类来报仇，蝙蝠自称是鸟类随之而来；第二次委派哺乳动物来报仇，蝙蝠又跟随而来。天神认为蝙蝠既不是鸟类也不是哺乳动物，就限制它，让它不能在白天活动，只能在夜间活动，至今也如此。又有一次，天神委派植物来报仇，藤跟随而来，委派草类来时它也随之而来，委派树类来时它又随之而来。天神认为藤非树类也非草类，从此，它只能在岩石中生长。

人世间有价值的东西都被阴间以偿命为由夺走，只剩绿油油的庄稼。但阴间还是在不断地索要偿命债。

阴间有一个天神叫里斗青，他是火梯火拉巴的舅舅，前几次来索取命债时他有事没有来，这次他专门下来讨外甥的偿命债。但人世间值钱的东西都已被阴间抢去了，没有什么能给里斗青的了。

于是里斗青变成蝗虫，肆意破坏庄稼。蝗虫捉也捉不完，打也打不完，人类无可奈何，于是打起火把照亮人类居住的每个角落，让天神看清楚人世间真的没有什么可供给的东西了。点了火把后，漫山遍野都被火光照亮，天神看到人世间真的再也没有什么可索取的了，彻彻底底地死心了，于是召里斗青返回天上。这之后，依附在庄稼上的蝗虫就彻底消失了，庄稼恢复原来的长势，人们迎来了丰收。

于是，人类兴高采烈，欢欣鼓舞，欢腾庆祝，杀鸡宰羊向天神祈祷。为了纪念这个特殊的日子，彝族人举行摔跤、斗牛、斗羊、赛马、朵洛荷等庆祝活动。由于这一天正好是农历六月二十四日，从此，布拖彝族在每年的农历六月二十四日前后都会择吉日举行以消除灾祸、祈祷丰收、祝贺吉祥、宴请宾朋、畅叙爱情、健身强体、寻找欢乐为目的的盛大节日——火把节。

口述人：吉列色拉　莫吉老黑

原载于彝族人网、《布拖文史》（第8辑）

布拖彝族火把节

火把节俗称“都此”，是布拖彝族人民一年一度的传统佳节。是一个集消除灾祸、祈祷丰收、祝贺吉祥、宴请宾朋、畅叙爱情、健身强体、寻找欢乐为目的的盛大节日。布拖彝族火把节的时间一般在每年的农历六月二十四日左右，择吉日而定。火把节的活动过程由准备阶段和节日阶段两部分组成。

在节前数月，人们便开始进行欢快而精心的准备。牧人或孩子们开始在野外折来干蒿枝，用细绳索扎成火把，并将

扎好的火把放于人畜不经过的“干净”地方，以图吉利。争强好胜的富贵人家选好膘肥体壮，具有参赛实力的马、牛、羊、鸡，精心驯养。妇女们则忙着准备漂亮的衣服、头帕、鞋袜、黄伞、银饰等，目的是在火把场上展现自我。姑娘们利用每晚的入夜时间排练火把节的朵洛荷，激情诉唱《妈妈的女儿》。那别具一格的音乐回荡在夜间的田野上，令人如痴如醉。小伙子们为了为家族获得荣誉或博得姑娘的青睐，常聚在草坝上练习摔跤。每家每户都准备好一只祭祀祖先的鸡，然后根据其经济状况独自或合伙准备牛、羊、猪，另外还准备荞麦粉、烟酒及零花钱。

节日历时三天。第一天清早，家家户户开始忙着打扫房屋，清洗炊具，特别要洗净祭祀用的餐具，同时整理房屋，磨好刀具。准备合伙过节的人家便聚在一起开始宰杀大家买来的牛、羊、猪。下午，每家每户都先杀一只鸡，用鸡肉和荞粑祭祀祖灵，以图消灾、避祸、保平安。祭祀词句式整齐、内容丰富、含义深刻，大意如下：“到家来过节的祖灵们，你们的子孙后代多么孝敬你们。一年十二个月，这个月是最好的月份，十二生肖中，今天是吉日，我们今天过火把节了，你们的后代儿孙们，一年只在彝族年、火把节、粮食换新节三个节日中祭祀你们。今夜天上晴空万里、无云遮月、繁星闪烁、星光灿烂、空气清新，愿我家的节日能吉利。求祖先保佑儿孙们，从今开始，五谷要丰登，六畜要兴旺，合家要安康，儿孙要满堂。” 入夜，举行点火把仪式。家家户户点燃火把，围绕在锅庄和火塘边念边转（有的大人教小孩念）。以“消灾避祸，祈祷丰收”为主题的火把除邪词大意为：烧掉害虫、烧掉瘟疫、烧掉畜疾、烧掉饥荒、烧掉寒冷、烧掉贫困、烧掉死神、烧掉不祥；赶走藏在家里的妖魔，赶走附在身上的邪气，祛除厄运和祸患……然后举着火把依次照亮全屋每个角落，再经过锅庄、羊圈、牛圈、猪圈走出家门，经过院坝时连续将火把甩转360度，使它燃烧更旺。走出大门，汇入全村寨的火把行列，聚成火把队伍走向另一个村寨，打火把仗。打火把仗是用燃着的火把打另一个燃着的火把，火把被打断或打熄者为输家。为此，狡猾的人在扎火把时就在火把里暗藏小木棒，使其坚固，当然被对方发现是会不好意思的。火把仗一拉开，顿时火花四溅，吼声霹雳，打得十分精彩，其乐无穷。晚上，很多家庭杀猪宰羊求灵魂附身。

第二天，举行“都格”（狂欢）和“都哈”（拜节）。按照宰啥背啥的原则，每家都背上牛、羊、猪肉及酒，高高兴兴地到岳父家去拜节。这一天是娱乐狂欢的日子，所有的人都穿上自己最好的衣服，扶老携幼，喜气洋洋地前往火把场。在前往火把场的路上，行人穿红着绿，光彩夺目。火把场上举行各种文娱和体育竞技活动。活动项目有：摔跤、赛马、斗羊、斗鸡、爬杆、朵洛荷、选美等。每种活动都别具一格，从不同角度、不同层面展现出彝族人民热情奔放的性格。火把场上随处可见那些自带午饭请亲戚朋友共进午餐或围成一圈喝转转酒、畅叙友情的场面。晚上又重复第一天晚上的火把节活动。

第三天，叫作“都木”或“都沙”。白天继续着前一天的各种狂欢活动。晚饭后同前两天一样，家家户户点燃火把，不同的是这天要持火把巡视庄稼，驱逐害虫；然后来到村口寨边，举行“锅聋扎杂格”仪式。找三块石头做成锅庄状，上面压一块较为平整的石板，石板上放九颗石子和九根青草，再压一小块平整石板，上面放一颗小石子做锅盖。像家里烧火做饭时一样，将烧剩的火把放在石板下面烧，等石板下层烧黑、石子烧热、青草烧黄后，熄灭火把，将剩余火把带回家保存，整个火把节活动和仪式即结束。

原载于彝族人网、《布拖文史》（第8辑）

吉拉布拖多情的朵洛荷之歌

每年的火把节到来之际，姑娘们便相约在村寨坝子里，利用入夜时间排练火把节的都洛舞，激情诉唱《妈妈的女儿》。那别具一格的音乐回荡在夜间的田野上，令人如痴如醉。

格拉多格拉，朵洛荷！

戴着绣花领的哥哥弟弟们，今年不到火把场上玩，明年被土司抓去当兵，火把节的欢乐只能留给后代儿孙了。年轻漂亮的姑娘们，今年不到火把场上来，明年出嫁成家，成了锅庄锅儿的主人，成了孩子的妈妈，再也玩不了了。骏马啊，最强壮的时候不上赛场，老了后将会被套上马鞍，再也不能奔驰疆场了！肥壮的黄牛啊，趁健壮时，不到斗场上来斗一回，老了就只能拖犁把了！年轻的小伙子啊，年轻时不到火把场上来摔跤，明年成家便成为房屋的主人，当上爸爸，想来摔跤也没有力气了！

格拉多格拉，朵洛荷！居住在南方莫什、吉刘管辖地方的人们今天过火把节，居住在东方比布、吉保管辖地方的人们今天过火把节；阿耳马日、能和能木、保青瓦张管辖地方的人们今天都在过火把节。

山口是点火把的地方，平地是汇聚火把的地方，火把场是火把节最热闹的地方。

格拉多格拉，朵洛荷！居住在高山的人家，常用竹子扎火把，居住在半山腰的人家，常用蒿枝扎火把，居住在低谷中的人家，常用茅草扎火把。

格拉多格拉，朵洛荷！火把节，土司杀肥牛，富人家杀羊子，贫穷人家杀母鸡，孤寡老人用鸡蛋过，寡妇用荞饼下辣子汤过，人人都在过。

花蛇花蝉过火把节，花羊花鸡过火把节。今夜月光很明亮，今夜星光很灿烂，今夜小草最茂盛。

格拉多格拉，朵洛荷！打起火把烧死害虫，打起火把赶走瘟疫，打起火把迎接丰收。烧掉害虫、烧掉瘟疫、烧掉畜疾、烧掉饥荒、烧掉寒冷、烧掉贫困、烧掉死神、烧掉不吉祥；赶走藏在家里的妖魔，赶走附在身上的邪气，祛除厄运和祸患……

目光短浅的人，在战场上总是心惊胆战，没有见过世面的姑娘不敢走进大场合。

格拉多格拉，朵洛荷！西溪河的人披上草蓑衣，特觉拉达的姑娘，每人一件白坎肩；布儿吉子的妇女们，每人戴上一个殴收；吉拉补特人，每人穿了件短袖毛褂子；阿尔马河，人人戴上了斗笠。这些都是火把场上最有特色的服饰。

格拉多格拉，朵洛荷！火把节多快乐！

送祖灵时，毕摩最尊贵；结婚仪式上，新娘最高贵。

格拉，格拉多格拉，朵洛荷！

今年玩不够，明年嫁到婆家去，姑娘不愿去，婆家逼着去。犁耙不愿去，黄牛拖起去；线子不愿去，针把线拉去。

森林中的老树在玩火把，百姓家族都来了。姑娘年轻时，总到火把场上来；黄牛膘肥体壮时，总要三进斗牛场；骏马年轻健壮时，总要三进赛马场；好汉年轻时，总要三上摔跤场。

原载于2006年7月14日《凉山日报》头版

丰富多彩的彝族火把节活动内容

布拖彝族人，是彝族“古侯”“曲涅”两个部落中从“兹兹蒲乌”迁徙来凉山的古老彝人，这里的彝族祖先为我们留下了古老的彝族文化，并由毕摩的经书和古彝文记载下来传承至今。布拖是火把节的发源地，火把节的来源，在布拖有着一个广为流传的故事：英雄惹狄豪星战胜天神火梯火拉巴后率领彝族人民以火把驱除侵害庄稼的害虫，与天神恩梯古子抗争的故事。彝族人民为庆祝胜利，每年公历七月二十日（农历六月二十四日左右）择吉日举行一年一度的彝族火把节活动，为期三天。火把节期间，家家户户打扫房屋、杀猪宰羊、身着节日盛装，举行斗牛、斗羊、斗鸡、摔跤、赛马、选美、爬杆、朵洛荷等活动，处处精彩纷呈，似乎山山水水都在沸腾。白天，火把场上人山人海，水泄不通；夜晚，漫山遍野都被熊熊燃烧的火把照亮，形成“满天星斗降人间”的壮观景象。

朵洛荷 有关朵洛荷的布拖彝族传说最早出现在狩猎时代，男人们打猎归来，围着火堆，妇女们跳舞相悦。圈舞被认为是原始艺术之一，朵洛荷的形式也印证着它的古老渊源。随着农耕时代的到来，朵洛荷圈舞也伴随着彝族人的喜庆活动，与节日相依相存而流传下来。

朵洛荷唱腔古老而优美，唱词内容除固定的传统唱词外，也有领唱者即兴编的，内容丰富、风格迥异、别具风味。固定的歌词有《朵格》《黑勒》《则呀》《天上的雄鹰》《从前》《屋后竹青青》《妈妈的女儿》《大麦和小麦》等，自由地表达美好的向往，歌唱节日的幸福快乐，歌唱家乡、歌唱爱情，控诉奴隶制的买卖婚姻，述说妇女悲苦的命运和思念亲人的痛苦等。

斗牛 参加火把节斗牛的公牛要经过多年的精心饲养。平时不耕地，有专人放养，还常让它们与其他牛争斗，以助壮胆和提高技能，培养其好斗的习性。斗牛场上体魄彪悍雄壮的公牛有些以技巧轻松取胜，有些凭耐力和力量的，要大战二三十分钟才取胜，胜者淘汰对手后进入下一轮比赛。一头牛只要能在火把场上拿名次，其身价就会倍增，其主人家更会有很高的声誉，故有很多养牛爱好者对此乐而不疲。

赛马 参赛的马匹来到火把场前要经过一番精心打扮，要套上漂亮的马鞍和铃铛。骏马平时用精料饲养，每天都要在跑道上训练，比赛规则有追赶制、齐跑制等，以快骑为主。骑手们身着盛装，策马扬鞭，你追我赶，无比威武。

摔跤 摔跤是彝族人民最常见的一种娱乐活动，采取三场两胜制，胜者为擂主，直到无对手时为全胜。规则是在摔跤场上放两根布腰带，摔跤手将腰带系在对手的腰间，双手紧握腰带，在双方准备充分后使尽全力将对方提起，采用摔、掼、挑、仰、倒、翻等技巧，将其摔倒在地则为胜，其中主要看谁最后把对方提起来。

斗羊 斗羊场上，两只长着几乎卷了两圈角的公羊认定对方后，有节奏地各向后退十几米，同时用力奔跑猛冲向对方，如此几十个回合后，输的低头摇晃，步履蹒跚，败下阵来，胜者进入下一轮对阵，直到全胜。

爬杆 彝语叫“俄杆惹读”。爬杆是选择一棵最高、最直、粗细匀称的树，剥去皮，抹上油，顶上挂上奖品，谁摘取到杆顶上挂上的奖品，谁就是奖品的获得者。

射箭 最初起源于狩猎和战争，以后逐渐发展为一项竞技项目。一般分射靶和射远两种，前者以中靶多者为胜，后者以射程远者为胜，有时两者合二为一，以射得远且命中率高者胜。

选美 选美在布拖具有悠久的历史，布拖彝族有自己独特的审美观，美女的标准是有匀称的身材，亮丽的宛如油菜花一般灿烂的肌肤，挺直的鼻梁，薄而巧的嘴唇，呈弧形的优美的眉毛，长而上翘的睫毛，细长光滑的脖颈，粗长乌黑的辫子，而且气质、风度不俗，神态端庄，言行举止文雅，品行端正，勤劳且会持家。至于美男子的标准，那就是要气质不凡，英俊飒爽，强悍骠勇，品行端正。由德高望重的老人们自发组成评委团评出美女、美男，其美名名扬四方。

布拖彝族年蕴含着丰富的彝族文化

布拖是彝族文化保留最原始、最完整的彝族阿都聚居区，彝族文化底蕴深厚，其彝族年具有很浓郁的地方风情。彝族年，布拖彝语称“孔使”，是彝族人一年一度最重要的传统节日，是彝族人生活中的盛大节日，也是彝族亲友团聚、相互走访的节日。相传，在远古时代，能人们争相创造各行各业的时候，有一个叫窝补科散的人，为了给人类创造幸福快乐的日子，朝思暮想，终于开创了彝族年。

彝族年是彝族人的卫生节。过年这天一早便开始彻彻底底地清扫房屋、打扫院坝、清洗餐具、擦亮砧板、磨快刀具、刷净灵牌。

彝族年是彝族人的孝敬日，体现了在世的人对已故祖辈的深切怀念和孝敬之情。过年时，须用猪肉、酒、大米、苦荞粑、炒燕麦等最好的食物敬奉祖宗灵魂。准备用来祭祀的东西，在尚未祭祀前谁都不能吃；给自己的祖先祭祀过的东西，不能给家庭之外的人食用。过年四天，每天祭祀祖先灵魂的食物都不同。还要举行更换祭祀食物、再热祭祀食物的仪式。要保持过年四天火塘不断火，放肉柜前不停灯。

彝族年是彝族人的许愿日。在敬奉祖宗灵魂时，念诵祈祷词，以求祖宗灵魂保佑子孙平安、消灾、赐福，帮助子孙实现愿望。念诵祈祷词："到家来过年的祖灵，你们的子孙后代，多么孝敬你们。一年十二月，这个月是最好的月份，十二生肖中，今天是吉日，我们今天过年了，你们的后代儿孙们，一年只在粮食尝新节、火把节、彝族年三个节日中祭祀你们。招回祖辈灵魂来吃饭，招回祖辈灵魂来喝酒，自从去年过年后，为了迎接你们今年来过年，到处奔波劳累，喂肥今年过年猪，尽心酿造过年酒，磨好过年面，找好过年柴。今天过年了，今夜，天上晴空万里、无云遮月、月朗星稀、星光灿烂、空气清新。愿我家的节日能吉利，求祖先保佑儿孙们，今天过年后，请求祖灵庇护。在今后的日子里，儿孙做生意能财运滚滚，种植庄稼能五谷丰登，饲养牲畜能六畜兴旺，敌人怕我绕道走。合家要安康，儿孙要满堂，天上星星多，星星可数尽，愿您的儿孙数不尽；河里鱼儿多，鱼儿可数尽，愿您的儿孙数不尽；岩上蜜蜂多，蜜蜂可数尽，愿您的儿孙数不尽；地上草草多，草草数得尽，愿您的儿孙数不尽。"

彝族年是彝族亲友团聚、相互走访的节日，以走访拜年的方式体现出来。拜年是过年中的重大礼仪活动，它表示下级对上级的尊重、晚辈对长辈的孝敬和亲友间的情谊，是过年中不可缺少的部分。拜年一般在过年的第四天开始。旧社会必须先给主子家拜年，给主子拜年需献一壶酒和半边猪头，不给主子拜年将会蒙受不尊重主子的罪名从而受到罚款，还要向主子赔礼。现在，主要给父母、岳父岳母拜年，同时也要给叔叔、舅舅、哥嫂、亲友干爹干妈拜年。给父母和岳父岳母拜年送猪前胛肉，越大越好，并配有面粉和酒。普通朋友可以只拿块肉去拜年。

彝族年是彝家的感恩节。平时受到恩情未能及时报答的，都在彝族年时送块过年猪肉来报答。其意义十分深远，有“最珍贵的一块肉，莫过于过年中的拜年肉”之称。

彝族年是彝家亲家关系能否得以维持的界定标准。如果谁家媳妇“请过年”没有去，那就表示对男人家的不尊重，必将招致离婚且重赔礼金的后果。亲家之间如果没有互送过年猪肉，也必将面临婚约难以维持的结果。

赞美布拖火把节

阿都层克山下古老而神秘的吉拉布拖，是彝族火把节的发源地，是中国彝族火把文化之乡。古朴大方的彝族服饰，做工精致的彝族银饰，高亢豪迈的彝族山歌，轻便灵巧的口弦，形成了布拖特有的民族文化。这里民风淳朴，民族风情浓郁，以火把节为代表的民族文化源远流长。一年一度的传统火把节已成为一道闻名遐迩的亮丽风景线。

我们点燃火把传承文明，我们点燃火把展望未来。我们高举火把歌颂幸福、赞美生活，我们高举火把迎接明天的希望！

我们是火的民族，火是我们的生命，火是我们的希望。火把是天边最美的云霞，火把是世上最美的鲜花。太阳点燃天上的火把，彝家点燃人间的火把，星星点燃夜空的火把，我们点燃爱情的火把。我们摇动火把，那是中国彝族火把之乡18万父老乡亲的精神与意志。最崇尚火的布拖人，请高举火把迎接欢乐与幸福！

2006年布拖县火把节活动解说词摘选

第二部分　民间文学

布拖彝族生死观

彝族人非常注重对死亡的认识，自古以来就对生死观有所研究，并在毕摩的经书上做了相关记载，流传至今。布拖彝族民间有“死变占卜”和“造死”巫术，论述了人死后灵魂到阴间以人间的方式继续生活的灵魂永存论。

“死变占卜”，彝族称“死青色”，彝族人认为人死后灵魂能变成一些事物，或变鸟类，或变蛙类，或变蛇类，或变蜜蜂，或变鸣蝉，或变星辰等。因此，彝族人死后其亲属便怀着焦虑的心情到毕摩处翻阅“死变”书，看自己的亲人将变成什么事物，哭丧词中也总是寄托着死者变好的愿望："人说人死魂再变，若是你的灵魂能再变，请你切勿变老鹰，院子必有白鸡在，白鸡在院子很显眼，老鹰见到白鸡一定会来抓，院子里面必有人，人们见到老鹰必齐轰，轰开老鹰离院子，救下小鸡仍然留在院子内，你是为逮住小鸡而来，却是一无所得地离开院子，真是乘兴而来却败兴而归。如果你的灵魂能再变，请你不要变成狼，草原上放牧有白羊群，白羊在草原上很显眼，狼儿见到就想吃，跑到草原上来咬，可是草原上有牧羊人，羊被狼咬牧人就要轰，未被狼咬，牧人也要轰，轰开狼儿离草原，救下羊儿留草原，狼儿乘兴而来却是败兴而归。若是变啥自做主，请你不要变耕牛，耕牛后面拖犁耙，犁耙后面随犁人。犁人右手拿鞭子，牛随耕者心意打一鞭，不随耕者心意打一鞭，请你不要变耕牛。如果变啥自做主，请你不要变骏马，马儿必将套上鞍，鞍上一定坐骑者，骑人右手执马鞭，马随人意挥一鞭，不随人意挥一鞭。要是变啥在于你，请你变成布谷鸟，只要变成布谷鸟，阿布洛汉就是你的故乡，每年狗月猪月到，布谷鸟儿就从阿布洛汉飞回来，有树之地就在树上叫，无树之地就在石上叫，有水地方你就找水喝，没有水的地方你就寻找露珠喝，不求与你见一面，但求闻到你一音。如果你的灵魂能变好，愿你变成大雁鸟，只要变成大雁鸟，故冲冲火就是你的家，每年的蛇月马月往南飞，大雁南飞人多情，伤心人儿倍思雁，不求与你见一面，但求闻到你一音。要是你的灵魂能再变，但愿化作羊儿魂，每天都在屋内羊圈里，你的儿孙们日日见到你，年年见到你。要是你的灵魂能再变，但愿化作粮食魂，粮食经常装在柜子里，你的亲人们日日夜夜见到你。要是你的灵魂能再变，但愿化作吉尔和库豁，每天都在家里和家人一起生活。"一般来讲，对老年人，就寄托死者不要变成鹰、狼、耕牛、骑马等动物，而要变成布谷鸟、大雁、粮食、吉尔等物体的愿望；对姑娘，就寄托希望其变成鸟儿和鸣蝉等的愿望。

所谓“造死”巫术，彝族称“死兹”，据说一些高明的毕摩能用奇特的方式让活人的灵魂离开形体，使其暂时处于“死亡”状态，用阴间如何如何好的言辞将他的灵魂引向阴间，让他目睹阴间的世界和社会现象，然后又用阴间如何不堪而人间多么美好的言辞将他的灵魂呼回人间，附于其身，让他“复活”，恢复常态，再立即让他描述刚才他在阴间所看到的现象，根据他的描述形成生死观。

这些巫术为彝族生死观的形成提供了一些依据。尤其是“造死”巫术，为世人描绘了一个神奇的阴间世界：“阴间实在很美好，阴间作物一年熟三道，阴间的人一天吃三顿饭，一月换三套衣物，银碗金筷搅麦汤。阴间姑娘真美丽，姑娘辫子粗又长，姑娘鼻梁高又挺，姑娘手指纤又细，姑娘裙尾折凳坐，姑娘颈上套首饰，走起路来飘飘然。阴间姑娘真美艳，阴间姑娘令人迷。阴间男儿壮又勇，九折披毡身上挂，头扎英雄结，长长裤脚地上踏，长长腰带地上扫，骑上骏马振长空……”以此为基础，形成了较为系统的生死观。彝族人认为：在世间没有穿耳洞的人，死后到阴间便会失明。因此，婴儿生下来几天便穿耳洞。在世间有偷鸡、偷猫、偷狗行为的人，父女、母子、兄妹、姐弟及同姓家族男女之间发生性行为的人，身患麻风病的人及断子绝孙的人死后灵魂到阴间时，不能列入先辈的行列，永远被阴间的祖先们拒之门外，成为无家可归的漂泊者。因此，彝族人最忌偷鸡、偷猫、偷狗，把偷这三类动物的人看成是最可耻的人；最忌父女、母子、同姓家族内男女发生性行为，如果被发现，其亲戚家支将勒令二人自杀；最忌同有麻风病史的人结亲家；最蔑视断子绝孙的人，致使“断根人”这一词语成为侮辱人格程度最深的词，在一定程度上也延续了重男轻女的思想。死时丧服多的人，在阴间就不必为制服而忧虑，必然要清闲些；死时尸体含金带银去的人，在阴间就会成为贵人。因此在老年人断气之时，总是在老人的嘴里投入一粒纯金或白银(除穷人外)。带牛而去的灵魂到阴间就可多开垦荒地，增加土地，增加收入。因此彝族人给老年人办丧事时总是喜欢杀牛，为死者在阴间开垦荒地做准备。在世间打过父母的人，到了阴间必将受人蔑视，因此彝族人十分孝敬父母。

总之，以“造死”巫术和“死变占卜”为基础，彝族形成了传统的生死观念，并据此形成了彝族人日常生活的行为标准、道德规范、思维方式和风俗习惯等。

原载于《凉山日报》2006年6月9日“风土版”、《校园内外》2008年第1期、《凉山民族研究》2010年刊等

彝族哭丧歌

彝族民间有人去世，死者亲属、生前好友及远方的亲戚、村里的邻居都前来奔丧悼念，以表达对死者的深切怀念和悲伤之情。

不同的死者，人们为其所作的哭丧词不同。为老年死者所作的哭丧词不同于为青年死者所作的哭丧词,为青年死者所作的哭丧词不同于为年幼夭折的小孩所作的哭丧词。即便是同辈人，由于男女有别，为其所作的哭丧词也不同。为老年死者所作的哭丧词列举如下：

阿普啊，你的气已飘散到云中了，你的身躯将变成一缕轻烟随风飘去了，你的骸骨将要变成一堆灰。没有料到今天就永别，今天你就与亲戚朋友相别了，不能再回来吃一顿饭了，也不能再回来穿一件衣服了。就如林中竹笋脱叶子，菜园地里白菜脱老叶。今年阴间甩下打畜柴，世间羊儿必遭杀。今年阴间放下蓝线和红线，世间母猪要遭杀。阴间放下抬尸架，世间有人要身亡。毕摩苏尼无能为力了，牛羊猪鸡不起作用了。你为造福子孙奔波一生，为后代儿孙过上好日子创造了条件,父欠子债,你已经为儿子娶了媳妇，修了房子,而子又生子,孙又生孙,子子孙孙无穷无尽了。

从生命年限来说,男人活到九十九岁不足惜,你算活到九十了，女人活到七十七岁不足惜,你算活到七十了,你的年龄已经达到极限了，走过道路算漫长,人生阅历已丰富。人生欠一死,死后还清了债,现在你已还清了,父死了有子继承父业了,婆死了有儿媳持家了。有子已成家,有女已出嫁,儿孙满了堂,活着时不怨气,死了也不遗憾。

人死了就不能再复生，不过也没有不死的事物,远古的时候，就有开天辟地的死惹隶里和木点油祖死去了，骑着神马的神仙支格阿尔死去了，人类之统领吾木当任也死亡，有蹄动物之统领大象也死亡，鸟类之统领刚安也死亡。自古以来就没有不死的事物，若说天空不会死，阴天云茫茫，云雾遮住了太阳，就算它也死了。若说大地不会死，冬天地上草儿都枯萎，就算它也死了。毕摩之王毕阿史拉则也死亡了，苏尼之王尼阿史沙古也死亡。枯树欠火债，枯树被烧掉，就算枯树还了债。小鸡欠鹰债，小鸡落在鹰爪里就算还清了死债。你走了之后，请你立即砍些刺枝压在走过的路上，以防你的儿孙追随过此路。你走了之后，请你把走过的路面毁了，防止儿孙灵魂重踏你的路。请你不要牵走家人魂，若是你要引走家人魂，未来无人祭祀你；请你不要引去粮食魂，一旦过年儿孙都缺粮，今后你过年返回人间时必遭饥饿之苦；请你不要带走牛羊魂，若是带走牛羊魂，世人无畜做祭祀品。人生自古谁无死？死了之后就不要后悔了。人说人死魂再变，若是你的灵魂能再变，请你切勿变老鹰，院子必有白鸡在，白鸡在院子里很显眼，老鹰见到一定会来抓，院子里面必有人，人们见到老鹰一定会齐轰，轰开老鹰离院子，救下小鸡仍然留在院子内，你是为逮住小鸡而来，却是一无所得地离开院子，真是乘兴而来却败兴而归。要是你的灵魂能再变，请你不要变成狼，草原上放牧有白羊群，白羊在草原上很显眼，狼儿见到就很想吃，跑到草原上来咬，可是草原上有牧羊人，羊被狼咬牧人就要轰，未被狼咬，牧人也要轰，轰开狼儿离草原，救下羊儿留草原，狼儿乘兴而来却是败兴而归。要是变啥自做主，请你不要变耕牛，耕牛后面拖犁耙，犁耙后面随犁人。犁人右手拿鞭子，牛随耕者心意打一鞭，不随耕者心意打一鞭，请你不要变耕牛。如果变啥自做主，请你不要变骏马，马儿必定套上鞍，鞍上一定坐骑者，骑人右手执马鞭，马遂人意挥一鞭，不遂人意挥一鞭。若是变啥在于你，请你变成布谷鸟，只要变成布谷鸟，阿布洛汉就是你的故乡，每年狗月猪月到，布谷鸟儿就从阿布洛汉回来，有树之地就在树上叫，无树之地就在石上叫，有水地方你就找水喝，没有水的地方你就寻找露珠喝，不求与你见一面，但求闻到你一音。如果你的灵魂能变好，愿你变成大雁鸟，只要变成大雁鸟，故冲冲火就是你的家，每年的蛇月马月往南飞，大雁南飞人多情，伤心人儿倍思雁，不求与你见一面，但求闻到你一音。如果变啥在于你，但愿化作羊儿魂，每天都在屋内羊圈里，你的儿孙们日日见到你，年年见到你。如果变啥在于你，但愿化作粮食魂，粮食经常装在粮柜里，你的亲人们日日夜夜见到你。如果变啥在于你，但愿化作吉尔和库豁，每天都在屋中和家人一起生活。人生欠一死，人死了之后，就算还清死债了。

原载于彝族人网、《布拖文史》（第5辑）

布拖彝族送祖灵的起源

远古的时候，最早在地球上生存的是扭力，扭力不送灵，扭力不待客，扭力十代而绝亡。把尾本是扭力狗，扭力绝亡后，留下把尾坐起叫。圣神八代生，圣神八代不送灵，圣神有儿不娶妻，圣神有女不出嫁，神圣八代而绝灭。狼儿本是圣神狗，圣神绝灭后，狼儿孤独四处跑。接着是古俄，古俄不送灵，古俄不待客，古俄有儿不娶妻，古俄有女不出嫁，古俄九代而灭绝。狐狸本是古俄狗，古俄绝灭后，狐狸无家可归了。古俄过了是乃呼勒力，乃呼勒力只活一代而绝灭。乃呼勒力之后是木日阿只，木日阿只只活三代而绝灭，木日阿只过了是么木，么木五代而绝灭，么木之后是邱布，邱布堵四死断根，邱布都老老断根，邱布都木得以继承和发展。都木尚司成了藏族的祖先，占了较大片领土，都木狼亚成了汉族的祖先，占了很大片领土，都木孤字成了彝族的祖先，彝族生活在较小的地域内，孤字儿子叫阿俄，阿俄生五子，老大名叫阿俄俄，老二名叫俄罗罗，老三名叫罗罗播，老四名叫俄阿米，老五名叫朋和阿子。

邱布五子经过协商后决定举行送祖灵仪式，请了毕摩特毕支木、灵毕史祖、阿地毕惹、莫吉尔吉沙、苏力阿史沙古，他们共同研究如何举行灵毕。特毕支木认为：灵毕就用林中老虎做祭祀品插上老鹰翅，捕林中麂子和獐子做伴，金枝银枝做神枝，人手做灵牌。灵毕史祖认为：灵毕应用家中的羊子，插上鸡翅，猪儿拴着，鸡儿做伴，树枝、竹子做插枝，竹片做灵牌。莫吉尔吉沙认为：如果按照特毕支木所说那样举行灵毕，儿子能得之，孙子得不到；祖辈能得之，后代得不到。莫吉尔吉沙赞同灵毕史祖的观点，灵毕应用家中的羊子做祭祀品，拴起小猪、小鸡做伴，树枝竹子做插枝，竹片做灵牌，麻线拴灵牌。呼回死者灵魂上灵牌，把它挂在家中屋檐内，送了祖灵后放置岩壁里，一代送一代，后代必平安；三代送一代，后代不发展。从此之后，灵毕史祖自觉担当为人类送祖灵的毕摩职能。

人类送祖灵起源于邱布五子。为了送祖灵，邱布五子决定去请灵毕史祖。邱布五子托乌鸦到灵毕史祖居住的地方，乌鸦落在灵毕史祖家门前的树上叫个不停。这一天，毕摩灵毕史祖不在家，只有学生毕惹阿两在家中，阿两不知乌鸦的叫意，于是翻经文，毕惹阿两左手开柜门，右手摸柜底找经书，翻开经书一、二页，经书不显文；翻开三、四页，经书不显文；翻开五、六页，经书显经文。经文明确地显示出乌鸦是来请灵毕史祖去给邱布五子送祖灵这件事。

经书显文后，邱布五子左手拿酒坛，右手拿酒杯，对着毕摩说："年有十二年，今年是好年；月有十二月，此月是好月；日有十二日，今日是好日子。十二属相中，狗与狼相配，兔与猪羊相合，牛与鸡相称，猴儿耗子相连，祖先之前土司死上千，上千土司的灵魂今日送，祖先之后从事调解纠纷案件的莫惹死上百，上百莫惹的灵魂今天送。"

灵毕史祖动身去灵毕，灵毕史祖走到寨中坝子上，名叫当义的白狗来相劝，毕摩不管当义狗相劝，继续往前走，走到草原上，一对云雀来劝毕摩不要走，毕摩不理云雀的劝意，继续往前走。前面有条河，毕摩、毕惹来到河中央，一对水獭来相劝，毕摩想回头，毕惹不想回。来到岩壁上，一对蜜蜂来相劝，毕摩想转回去，可是毕惹不想转回去。来到林中时，一对野猪来相劝，毕摩想转回去，可毕惹不想转回去。来到半山上，三个石头滚下来打在毕摩的诺毫（神斗笠）上，诺毫断几寸，毕摩的日土（神筒）想转回去，可是诺毫不想转回去。过了三条沟又遇三场雨，诺毫断几分，日土就想转回去，诺毫不想回头转。来到山顶时，忽遇三阵风，毕摩受了惊，日土想转回去，诺毫不想转回去。来到村寨时，名叫当义的白狗来迎接，来到屋前时，有对美丽的公鸡前来迎接，它们都为祝福毕摩好运而迎接。来到家中时，主人举酒来迎接，左手拿酒瓶，右手拿酒杯，九人扶毕摩，扶毕摩坐在火塘的上方。毕摩对着主人说："主人家啊，前段时间，地处高山地带的四朴古火地方，鹰和鸡一直闹矛盾，但我与你家很相配；人家父子不相合，我与你家挺融洽；人家母女不融洽，我与你家挺融洽。老虎死之后，虎皮又显文；大雁死去后，灵魂依然存；毕摩离去后，你家必平安。天上星星多，星星可数尽，你的儿孙数不尽；河里鱼儿多，鱼儿可数尽，你的儿孙数不尽；岩上蜜蜂多，蜜蜂可数尽，你的儿孙数不尽；地上花草多，花草数得尽，你的儿孙数不尽。招回祖辈灵魂来吃饭，招回祖辈灵魂来喝酒，儿孙一定会平安，儿孙将会多得数不尽。"

这样，邱布五子举行了灵毕，从此以后，彝族人形成了为祖辈送灵魂的习俗，灵毕自然成为彝族生活中最隆重、最盛大的祭奠仪式。

原载于彝族人网、《布拖文史》（第5辑）

布拖彝族丧葬仪式上的悼词

彝族民间有人去世，死者亲属、生前好友及远方的亲戚、村里的邻居都前来奔丧悼念，致悼词是举行丧礼的一项重要内容。给死者致悼词，主要介绍死者的病史病情，治病经过，家庭情况，追述死者一生，以表达对死者的深切怀念和悲伤之情。

不同的死者为其所作的悼词不同，为老年死者所作的悼词，不同于为青年死者所作的悼词，为青年死者所作的悼词不同于为年幼夭折的小孩所作的悼词。即便是同辈人，由于性别不同，家庭条件、儿孙状况不同，为其所办的丧事规模不同，因而为其所作的悼词也不尽相同。为夭折小孩所作的悼词一般侧重于介绍死者年龄特点、心理特征、治病经过和活着的人对死者的惋惜之情，寄寓对死者家属的安慰。老年死者的悼词一般侧重于追述他平凡、勤苦耐劳的一生。为年纪大、多子多孙、丧事规模较大的老年死者所作的悼词一般介绍死者基本情况、治病过程、生儿育女、丧事规模等，现列举如下：

亲朋好友们:

地球上生存的人类总是在举行婚礼、操办丧事、送祖灵仪式，在这三件事上聚集相会。不同地方的树木总是被斧头砍下放到一起，烧成一堆火，长在不同地里的作物总是被镰刀割下放到一起，装成一屯子；鸟儿时常在树上聚集，不同的家畜时常被牧者集中到一起。今天，我们来自四面八方的亲戚朋友，是这位去世老人把我们集中到一起的。自古以来，制度和规矩的产生都源于帝王土司，然后一级传一级地流传到老百姓中，一般耕作是普通百姓所为，按自下而上的规律耕种，为死者办理丧事的习俗来自于帝王，然后帝王传给土司，土司传给黑彝，黑彝传给白彝。

在茫茫宇宙中生存的人类，总是一男一女结为夫妻成一家，就如树上两只鸟儿共搭一窝。我们这位去世的老人与其老伴共同生活的一生是勤苦耐劳的一生。哪里长着“火草”，他们就到哪里去采集；哪里有马粪牛屎，他们就捡到哪里。他们到高山地带的四扑古火去找过羊子，死时不与羊子同烧，但死后为其送灵超度的时候依然要用到羊子。他们到炎热的河谷地带阿哄刘日去找过粮食，死时不与粮食同烧，但今后为其送灵超度时依然用到粮食，他们到甘都嘎洛（甘洛县）去找过金银财富，到拉布俄众(西昌)去找过丝绸布料，死时要用布料做葬服，今后为其送灵超度时依然还要丝绸布料，他们的一生既找足了牛羊和粮食，又拥有了后继子孙。

人生在世，父母都希望自己的后代儿孙能过上好日子，父母总是为造福子孙奔波一生。父欠子债，父要为子娶媳妇、修房子。现在去世的老人已为其子娶了媳妇，修了房子，而且子又生子，子又生孙，子子孙孙无穷无尽。子欠父债就是子女为父母办丧事。今天子女为父母操办了丧事，至于丧事规模自古就没有统一的标准，就如调解纠纷、送祖灵仪式规模没有统一的标准一样，只要尽心尽力操办了，无论规模如何，都算是子女还清了父母之债。

原载于《诺苏》2010年第1期

布拖彝族"扯格"仪式——指路经

布拖是凉山彝族的腹心地带，新中国成立前由于特殊的地理环境和社会历史原因，长期以来一直呈封闭状态，因此古老的彝族风俗和传统文化在这块土地上得以延续。

布拖彝族注重老年人的丧事，给老年人送终时，总在夜间举行传统的"扯格"仪式。"扯格"内容十分丰富，包括历史、地理、天文、哲学及风土人情等内容，常常用古代诗歌赋比兴的艺术手法，以叙事和抒情相结合的方式表达出来。

参加"扯格"的有7~19位男青年，人数一般是单数。进行"扯格"时，这些男青年伸出双臂互相把手搭在肩上，站在领唱人的两侧。领唱人手执铜铃，有节奏地边摇边唱，其余青年跟着唱。曲调哀婉，富有节奏，歌声优美而响亮。"扯格"一般分为苏烈扯格(主人家扯格)、吾沙扯格(亲家扯格)和帕木扯格(娘家扯格)。现将布拖彝族苏烈扯格的基本过程及基本内容搜集整理如下：

整队篇

格啊，我们年轻小伙子一起来扯格，请伸开双臂相互搭在肩上，左右两边要对成一条线，自古以来队伍都要求整齐。我们这些年轻人，虽然不是同母所生，但都出生在这个村庄里，有着同龄人的共同特征。今天我们一起扯格要整齐。头上不齐就整理头帕，颈上不齐就整理衣领，腰上不齐就整理腰带，脚上不齐就整理鞋袜，以使它们整齐。山顶上的雾层总是平整地布满在山顶，山脚的雾尾总是平整地布满在山脚，姑娘的裙摆总是平整得像一条线。自古以来不整齐的东西总是被人类视为劣等事物而淘汰。属于高山地带的四朴古火地区经常筛选荞子，筛选后必然要分离出烂荞子，烂荞子自然成为猪食。属于热带地区的阿黑扭日地区经常舂米，舂米时必然有米被打碎，碎米就用来做粥。四开拉达地方砍树木，砍来的树木必划开，划柴时必然会分出大柴和小柴，小柴与大柴不相称，小柴只能用作引火柴。马次基来地方砍竹子，竹子砍来必划开，划后必分粗细片，细片与粗片不相称，细片用来拴粗片。我们这支队伍要整齐，同哄同唱同取乐，不会就看着同伴。虽然我们不是蕨基草下的野鸡，但要学野鸡跳唱，虽然我们不是原野上的云雀，但要学云雀边飞边唱；虽然我们不是院子里的雄鸡，但要学雄鸡振翅鸣叫。

“署非”篇

今年上帝把厄运降到人间来。天上异常云变样，地上异常牛怪叫。妻子和女儿去割草的一天见了条花蛇，没有把它看作是怪事。家中母牛斗其子，母牛角上血淋淋，人们就把母牛杀了，取下它的角和蹄，把它埋在大地下，以免“署非”再重来。家中母猪吃其子，母猪嘴边沾满血，就把母猪杀掉，砍下它的蹄，压在路边石头下，以防“署非”再发生。家中母鸡啄破了自己的蛋，就把母鸡杀了砍下它的翅膀和尾巴，穿在一根竹子上，插在路边，以防止“署非”再发生。又过了几天，一对乌鸦落在屋后叫，把它当作是为山羊绵羊魂而叫，人们不管它。一天落在屋前叫，把它认为是在呼叫小猪、小鸡魂，人们不管它。第三天落在屋顶上叫，展开翅膀翘起尾巴叫不停，其声哽咽令人寒，预示着厄运将要来临。因此，托一个壮汉带酒到毕摩处占卜。壮汉来到村头找毕摩，村头毕摩不在家，壮汉又到村尾找毕摩，村尾毕摩不在家，壮汉来到村中找毕摩，村中毕摩不在家，唯有学生毕惹阿俩在家中，毕惹阿俩左手打开柜门，右手摸柜底，找到了《占卜经》，就把经书放在膝盖上，翻开一、二页，经书纸上未显文；翻开三、四页，经书还是不显文；翻开五、六、七、八页，经书仍然不显文；翻开九、十页，经书显经文。见了经文人心寒，今年阴间来要人，此时人魂已在阴阳界，谁赢谁夺走。

治病篇

过了十三天，家中老人生了病，先是感到口干又舌燥，家人当作是感冒，找了生姜给他吃，病情没有恶化也没有好转。后来感到头昏脑涨腰酸背痛，引起了家人的重视。彝族民间有“三药”，最好的药物是黄皮花头牛的油，其次就是黑皮花头羊的油，最后便是黑皮花蹄猪的油。找齐这三油，用尽这三油，病情又恶化。彝族民间有三胆，林中大熊胆是最好的治病胆，其次就是山中鹿子胆，再次便是水中鱼儿胆。三胆用竭后，病情更恶化。请完彝家有名的毕摩，毕摩未能治好病，请完彝家高明的苏尼，用了黄皮花头牛、黑皮有角羊，黑皮花脚猪做祭祀，老人病情更恶化。今年阴间甩下打畜柴，世间羊儿必遭杀；今年阴间放下蓝线和红线，世间母猪要遭杀。阴间放下抬尸架，世间有人要身亡。现在老人已断气，尸在屋内魂在外，他的灵魂哪里去？

寻魂篇

老人啊，你的躯体还在屋子里，可是你的灵魂已失去，你的灵魂哪里去？若是去挑水，水桶水瓢还在家；若是去砍柴，斧头绳子还在家；若是去耕地，犁耙铧口还在家；若是去牧羊，烟斗鞭子还在家；若是去挖地，挖锄撮箕还在家；若是去赶场，钱包钱财还在家；若是去打猎，三只猎狗还在家；若是去远行，骏马马鞍还在家。究竟你去哪里了？

追魂篇

你的灵魂还在屋内吗？最知屋内情况的是家中的花猫，找了一对耗子给猫吃，托了一对花猫在屋里找人魂，找遍屋内没有人魂在。你的灵魂就在水中吗？最知水性的是水獭，找了一对鱼儿给水獭吃，委托一对水獭入水寻人魂，从上游找到下游，水中没有所寻人。“联衣木觉”说人魂已在平地上。最能了解平地的是天上的老鹰，找了一对云雀给老鹰吃，委托一对老鹰下平地，老鹰找遍了整个平原，平原上没有所寻人。地曲次片说是人魂已在林中。最了解森林的是猎狗，请了一对猎狗来，找了一对鹿子给它们吃，委托它们到林中去寻人魂，寻遍林头到林尾，林中没有所寻人。联黑色黑说人魂已到岩中去。最知岩壁的是蜜蜂，请了一对蜜蜂来，打了一对苍蝇给它吃，委托它们到岩中寻人魂，岩壁没有所寻人。人魂就在阴间吗？能知阴间的是苏尼，给苏尼敬了两杯酒，让苏尼请“阿朴瓦散”来，“阿朴瓦散”到阴间问三道，阴间说人魂已经跟从圣神去了。

拒圣神篇

圣神夺走了世人的灵魂，因此世间人人都痛恨圣神，世间人人都想拒圣神。可是能把圣神拒到哪里去呢？要是把圣神拒到亲家去，担心亲家儿子要去世，今后女儿无处嫁。如果把圣神拒到土司家里去，担心圣神牵走土司的灵魂，土司失魂而死去，今后无人来统治。如果把圣神拒到从事调解民间纠纷的莫家去，担心圣神夺走莫的魂，今后没有调解纠纷人。如果是把圣神拒到毕摩家中去，担心圣神夺去毕摩魂，世间无人送祖灵，人类社会不发展。如果是把圣神拒到工匠人家去，唯恐圣神夺去工匠的灵魂，世间无人做铁器。如果把圣神拒到普通百姓家中去，圣神夺走农人魂，世间无人来耕种。把圣神拒之何处去？假如把圣神拒到汉区去，就怕圣神要夺走汉人魂，今后没有食盐吃，担心四朴古火羊儿缺盐而死亡，今后举办丧事缺羊儿。假如把圣神拒到岩上去，岩上本是蜜蜂生活的地方，圣神被蜂子蛰到眼睛上，圣神遭伤害真活该。假如把圣神拒到林里去，林里本是大熊的地盘，圣神就被大熊咬断一只手，圣神遭伤害真活该。假如把圣神拒到水中去，水鬼把圣神拉下水，圣神遭到伤害真活该。把圣神拒之何处去，拒到鸠套木古去，鸠套木古便是老鹰的地盘，圣神就被老鹰啄。把圣神拒之何处去，只能把圣神拒到阴间去，既然人魂已经跟从圣神去，只好活人送死魂。

送魂篇

你的灵魂走出家门后，要知对面住有阿只家，自古以来阿只家靠打银而生活，阿只打银拉银丝，请用银丝拉成线，条条银线编成桥；这边住有瓦散家，瓦散人家靠打金而生存，瓦散打金拉金丝，请用金丝拉成桥；中间住有路裸人，路裸人家靠打铜而生存，路裸打铜拉铜丝，请把铜丝拉成桥，金银铜桥搭成后，请你就从桥上过。你过完金银铜桥后，前面出现三条路，分别是白路、黑路和黄路。黑路是鬼神路，不是死魂路；黄路是“四尔”路，不是死魂路；中间白路才是你的路，请你不要再迷路。选走白路后，随着平地走，走到“四火早觉”这块平地时，你就看到了“四火早觉”茂密的桃树，桃树上结满了桃子。你要随手折枝桃树走，不要别人折给你，你要自己亲手折，用作探看阴间亲人的见面礼物。平地过了后，前面就是“四菲功路”的山谷地带了，“四菲功路”山谷上，长满了茂密的羊奶树，请你随手折根羊奶树枝走，不要别人折给你，你要自己亲手折。以作探望亲人的见面礼物。过了山谷就到了垭口，走到“站张垭口”后，你将看到“站张垭口”上聚集着喜鹊，你要随手逮两只喜鹊走，不要别人逮给你，你要自己亲手逮，用作探亲见面的礼物，亲人见了笑嘻嘻。前面经过辣椒地，人吃辣椒体内很难受，辣到身体难赶路。前边出现一条河，它的名字叫冰河，冰河结成了冰块，乍看冰块像冰糖，人见冰块很想尝，请你不要吃冰块，人吃冰块体内冷，吃了冰块误行程。前面遇片沼泽地，请你握住拐杖试探走。前边又遇一条河，请你选择水浅处，牢记涉水就要斜着涉。前边出现了刺林区，白色刺尖如针尖，如果踩在刺尖上，你就很难再前进，请你拿出镰刀来，割开刺枝向前去。前面路边拴了九只狗，它们就是阴间守门狗，张着嘴巴伸出舌，你见狗儿必受惊，请你丢下九坨饭，千万不要捡石头，只要你不打它，它就不会来咬你。前边坐着九个小孩儿，个个天真又可爱，请你分给九块肉，让他们安心地在路边耍。前面站着九个姑娘，她们美丽世难寻，眼睛明亮鼻梁高，送来秋波很迷人，请你莫要恋女神，分别把九副口弦送给九个姑娘，你不逗她，她不缠你，莫要动情忘了往前去。前边立着九个卫士，个个身强力壮，咳起嗽来令人惊，你要献上九把剑，你不惹他，他不发怒。前面迎来一道门，它是阴间的第一道门。安着木门和竹门，随手打开竹门进，竹门就是死魂要经过的门，立即侧身把木门关上，以免活人灵魂跟着进去。前边一道铁铜门，请你打开铜门进去，立即侧身关上铁门，铜门就是死魂要经过的门，铁门是用来拒绝活人的灵魂进去的门。前边又是金银门，请你打开银门进，同时侧身关金门，银门才是死魂要过的门，金门是用来拒绝活人灵魂跟从进去。前边出现一个坝，坝头红砖青瓦房，不是你的祖先居住的房屋，它是帝王土司居住的地方。下面坝尾竹搭篷布室，不是你的祖先居住的地方，它是不能入伍的流浪汉的居室。中间有层黑色瓦板房，就是你的祖先居住的地方，请你含笑走进去，你的祖祖辈辈在里面，你的亲人在里面，请你安心留下来。

魂归篇

既然你到阴间来，请你安心留阴间。阴间实在很美好，阴间作物一年熟三道，阴间的人一天吃三顿饭，一月换三套服装，银碗金筷搅麦汤。阴间姑娘真美丽，姑娘辫子粗又长，姑娘鼻梁高又挺，姑娘手指纤又细，姑娘裙尾折凳坐，姑娘颈上套首饰，走起路来飘飘然。阴间姑娘真美艳，阴间姑娘令人迷。阴间男儿壮又勇，九折披毡身上挂，头扎英雄结，长长裤脚地上踏，长长腰带地上扫，骑上骏马振长空，请你将心留阴间，不要牵走亲人魂。你走了之后，请你立即砍些刺枝压在走过的路上，以防你的儿孙追随过此路；你走了之后，请你随之把路面也毁去，防止儿孙灵魂重踏你的路。请你不要牵走家人魂，若是你要引走家人魂，未来无人祭祀你；请你不要引去粮食魂，一旦过年儿孙都缺粮，过年时你返回人间时必然遭饥饿；请你不要带走牛羊魂，若是带走牛羊魂，世人无畜做祭祀。

魂变篇

人说人死魂再变，若是你的灵魂能再变，请你切勿变老鹰，院子必有白鸡在，白鸡在院子里很显眼，老鹰见到一定会来抓，院子里面一定有人，人们见到老鹰一定要齐轰，轰开老鹰离院子，救下小鸡仍然留在院子内，你是为逮住小鸡而来，却是一无所得地离开院子，真是乘兴而来却败兴而归。如果你的灵魂能再变，请你不要变成狼，草原上放牧有白羊群，白羊在草原上很显眼，狼儿见到就想吃，跑到草原上来咬，可是草原上有牧羊的人，羊被狼咬，牧人就要轰，未被狼咬，牧人也要轰，轰开狼儿离草原，救下羊儿留草原，狼儿乘兴而来却是败兴而归。若是变啥自做主，请你不要变耕牛，耕牛后面拖犁耙，犁耙后面随犁人。犁人右手拿鞭子，牛遂耕者心意打一鞭，不遂耕者心意打一鞭，请你不要变耕牛。如果变啥自做主，请你不要变骏马，马儿必定套上鞍，鞍上一定坐骑者，骑人右手执马鞭，马遂人意挥一鞭，不遂人意挥一鞭。若是变啥在于你，请你变成布谷鸟，只要变成布谷鸟，阿布洛汉就是你的故乡，每年狗月猪月到，布谷鸟儿就从阿布洛汉飞回来，有树之地就在树上叫，无树之地就在石上叫，有水地方你就找水喝，没有水的地方你就寻找露珠喝，不求与你见一面，但求闻到你一音。如果你的灵魂能变好，愿你变成大雁鸟，只要变成大雁鸟，故冲冲火就是你的家，每年的蛇月马月往南飞，大雁南飞人多情，伤心人儿倍思雁，不求与你见一面，但求闻到你一音。如果变啥在于你，但愿化作羊儿魂，每天都在屋内羊圈里，你的儿孙们日日见到你，年年见到你。如果变啥在于你，但愿化作粮食魂，粮食经常装在柜子里，你的亲人们日日夜夜见到你。如果变啥在于你，但愿能化作吉尔和库豁，每天都在家里和家人一起生活。

送行人魂返篇

刚才我们这支年轻人组成的送魂队伍，已经把去世老人的灵魂引导到阴间，我们的灵魂只能教他而不能跟从他，现在我们的灵魂应该归来回人间了。归来吧，年轻人，阴间生活很艰苦，阴间人没有生育经，阴间人吃的是石子，烧的是漆树，喝的是池塘里的污水，穿的是树皮，树皮不经寒。阴间的土司，没有制定政策的权力；阴间的莫，调解不了纠纷案件；阴间的毕摩，没有祖灵可送。归来啊归来，年轻人儿快回人间来，人间实在很美好，人间人儿一天吃三顿饭，一月穿三套衣，人间作物一年熟三道，人间姑娘真美丽，人间男儿壮又勇，人间生活很美好，年轻人儿赶快回人间。

哭丧篇

“扯格”仪式结束后，所有参加的人都要放声痛哭，唱《丧歌》：爷爷，今天你就与亲戚朋友相别了，不能再回来吃一顿饭了，也不能再回来穿一件衣服了。人生自古谁无死？远古的时候，就有开天辟地的死惹隶里和木点油祖死去了，骑着神马的神仙支格阿尔死去了，人类之统领吾木当任也死亡，有蹄动物之统领大象也死亡，鸟类之统领刚安也死亡。自古以来就没有不死的事物，若说天空不会死，阴天云茫茫，云雾遮住了太阳，就算它也死了。若说大地不会死，冬天地上草儿都枯萎，就算它也死了。毕摩之王毕阿史拉则死亡了，苏尼之王尼阿史沙古也死了。枯树欠火债，枯树被烧掉，就算枯树还了债。小鸡欠鹰债，小鸡落在鹰爪里，就算小鸡还清了债。人生欠一死，人死了之后，就算还清了债。

原载于《凉山民族研究》2012年刊

布拖彝族婚俗

布拖彝族婚礼从说媒看相、订婚、求婚、迎亲、到举行婚礼和同居，都具有浓郁的民族和地方特色。定娃娃亲是布拖彝族的传统习俗。现以我的婚姻为例，介绍布拖彝族婚俗。

说媒定亲

小时候，我经常向父亲要媳妇，父亲为了满足我幼稚的要求，委托一位德高望重、能说会道的人去说媒。媒人认为我与同乡俄底家的女儿相般配，且门当户对。便从中说媒凑合，对方和我的父母都同意后，定下身价钱，同饮约定婚事酒，为我定下了娃娃亲。

在尽情地泼水中举行订婚仪式

订婚那天，我们家邀约家支和邻里好友九个男人去女方俄底家做客，送去一部分身价钱。记得是我哥哥背我去的，我们来到俄底家院子时，俄底家寨子上的姑娘们早已贮好水严阵以待，待我们一靠近便猛烈地向我们泼来一盆盆水。这时，我们表现得十分勇猛、顽强，用披毡或察尔瓦蒙着头，迎着“暴风骤雨”勇往直前，冲破姑娘们的一道道防线，猛冲进屋，姑娘们却紧追不舍，尾随我们进屋乱泼水，直到把我们一个个泼得像落汤鸡，还不肯罢休。最后在长老们的劝阻下，停止了泼水。之后，我们客人就坐于火塘上方，主人坐于火塘左方和下方，相互寒暄，谈论我们两家“如何般配”等话题。主人拿出酒来让我们饮个痛快，同时开始杀猪宰羊。先杀一头小猪，取出胆囊和脾脏占卜吉凶，然后把小猪儿砍成拳头大的坨坨肉端给我们，让我们自己烧着吃。我们把烧肉分着吃光后，将事先备好的彩礼(身价钱)放在那只盛烧肉的空木盘里恭恭敬敬地端给主人，主人接了木盘，将其置于柜台上。

第二天，吃了早饭我们就离去，按照规矩，主人家给我们每位客人赠送了红包，俗称“此空”。其中，媒人和我是单独给的，因为我是女婿，数目也比其他跟随的人多一些。并让我们带一块千层荞饼和一块猪前胛肉回去，回到家后，我们家把肉煮上，请邻里亲友一起喝酒吃肉。

过了五天，我们家也举行了类似的订婚仪式。从此之后，我就有了名义上的小媳妇。人人都知道我的婚姻是“合法化”的。但这之后的十年里我却从来没有见过我的小媳妇。

攻破刁难的求婚

彝族有“姑娘十七岁就应结婚”的习俗，订了婚的姑娘到十七岁时，男方家应提起婚事，否则就遭到歧视。在我十五岁那年，我的媳妇就达到虚年的十七岁了，意味着我们家应该办理婚事。若不办理婚事，就会遭到别人的轻视。为此，我们家在做好充分准备的前提下，委托一位亲戚到俄底家协商婚约，把结婚的日子商定下来。

结婚前夜，我们家派聪明勇敢的堂哥木牛带去一头小猪儿及新娘婚服、礼金到新娘家去“斜木”，陈述求婚之意。这一天，木牛来到新娘家院子大门前时，女方村子里的姑娘们已贮水以待，到处设置障碍，向他泼水、抹锅烟灰，直到把他弄得人不像人鬼不像鬼才肯罢休。

这一夜，平时与新娘相好的女伴都携带鸡蛋、糖果、千层荞饼等来向她道别，她家杀猪宰羊招待她们。姑娘们互诉衷肠，各道离愁别绪，通宵达旦地唱哭嫁歌。

新娘禁食迎婚期

彝族以解手为羞，尤其是异性之间，女人出嫁跟随的是男人，禁食可免路途中和婚礼上在父老兄弟面前解手的羞事。因此婚前几天，新娘要禁食，每天只吃一两个鸡蛋，喝几口水，或吃一小片荞饼，出嫁那天还要禁水。彝族风俗中，新娘减食的时间越长，便越显得懂礼节，有毅力。如果哪一位姑娘在出嫁前还显得欢天喜地，无忧无虑，不知节制饮食，那么她就会受到耻笑和非议。诚然，我的小媳妇也这样度过了她的婚前生活。

据木牛讲，婚礼那天早晨，新娘由其表哥木嘎背到门外一张竹笆上坐下，由一位子孙满堂的老妇人用酒和炒食为其祝福，然后给新娘换上彩裙，梳理头发，戴上头帕，用一块布将其头蒙住，披上披毡。一切准备就绪后，送亲的队伍便

出发向我家走来。

激烈精彩的抢夺畜尸战

举行婚礼这天，全村男女老少都感到十分高兴，我们村寨的妇女们聚集在一起，等待杀猪时的抢夺畜尸战。所谓的抢夺畜尸战，就是男人们逮杀第一头牲畜，牲畜一断气，妇女们便蜂拥而上，男人们围着畜尸，不让妇女们抢夺，她们就采取泼水、抹黑脸、扔泥巴等手段，猛烈攻击。妇女们拉着畜尸就往外拖，有的在后摆好阵势，以保驾护航，有的抱起男人就摔，有的自己反被绊倒在地。经过一番激烈的抢夺，男人们争得越凶，妇女们的兴趣便越浓，时而攻时而退，你拖过去，我拉过来，成了别具一格的“拔河”赛，有时连人带畜尸栽成一团，使观众捧腹大笑。这时指挥的、助战的、喝彩的，应有尽有，构成一幕妙趣横生、喜气洋洋的景象。我也高兴地见证了这有趣的一幕。

别具一格的婚宴

送亲的队伍到达我们家附近时便停下来休息，等待接待。我们村寨的男女老少都前去迎接——“看媳妇”。我们家派一个能说会道的人带去烟、酒、盐巴、海椒、羊皮等东西及少许钱，到客人休息处向客人打招呼示好，俗称“日尔尔”。经过协商，客人们同意让我们进屋，送亲的队伍那边就派两个小伙子前来我家“抢肉吃”。这两个小伙子来到我家院子前面时，我们这边的姑娘们就向他们猛烈地泼水。他们冲破一道道防线火速走到掌管分发肉食的人跟前，在分肉的人刚把一篮子热气腾腾的肉递到他们手中时，姑娘们便一拥而上，把两个小伙子团团围住，拼命抢夺他们手里的肉。他们两个则极力反抗，护住手里的肉，不让她们抢去。一时间双方扭成一团，欢笑声、呐喊声、助威声交织在一起，气氛异常活跃。这一切结束后，新娘和迎亲的队伍才能进屋。进屋后，先给他们发烟，敬酒，然后才进餐。晚餐是每人一笼坨坨肉和一块荞饼，新娘的那份稍多些。这天晚上不能给客人喝汤，意为不能让新娘像水一样流走。

我与新娘不见面的新婚之夜

新娘进我家门后，由一位子孙兴旺的老妇人用酒和炒食给新娘祝福，将她披散着的头发梳成双辫，用红头绳扎起来，盘在前额上方，然后让她进食。晚饭后举行酒会，主客一同喝酒、谈克智、对谚语、猜谜语等，闹个通宵达旦。这一夜，我却见都不能见新娘一面，更不能谈同居了。

第二天，吃完早饭，新娘便同送亲的人一道回娘家去了。我们家送一块猪前胛肉、一坛酒和一块烤千层荞饼，让新娘带回去。我们家给新娘的舅舅、叔叔和亲兄弟各赠送一只羊或同等价值的钱财，送给媒人一定数额的酬金，其他送亲的客人也都会得到一定的礼金。然后就算完婚了。

婚后彼此不说话的日子竟延续几年

婚后七天，新娘由其兄弟护送到我家举行“唉乃锅”仪式。这是我最盼望又最害怕的日子，盼望的是想看看自己的媳妇儿长得美不美，但又害怕见到陌生的她后无言以对。当天，我家杀猪宰羊举行“唉乃锅”仪式，算是她正式成为我们家的家庭成员了。第一次见面，彼此都不敢正视对方，我见到她时感到十分紧张（彝族新婚之夜夫妻不同房，大多是在这第一次回婆家时才初次同房）。这一夜，按照规矩，我必须鼓起勇气去征服，新娘也一定会做好应对准备，必须尽力拒绝，但我的条件还不成熟，只好放弃，只有等待今后成熟的时机了。

按习惯，只有在过年过节或农忙季节时才请她上门，她在我们家逗留几天，少则三天，多则九天。然而滑稽的是尽管我俩都生活在同一屋檐下，可是相互之间从来没有谈过话，好像是仇人。有时候，遇上只有我俩在家的情况，但谁都不愿打破沉默，相互间只是默默以对，局面尴尬。有一次，恰巧只有我俩在家中，她在烧火做饭，我坐在旁边看书消遣，突然一只母鸡被一只公鸡追逐，飞进三锅庄里，啧啧一声，她把鸡救出来之后，还风趣地骂鸡一顿，然后转眼看我，我俩对视一笑，不禁大声笑了起来，笑过之后又保持原来的状态。这样的情景比较多，有时我无可忍耐只好逃避，但久而久之便习惯了。

彝族习惯中把夫妻间没有发生关系却相互交流视为羞耻，有些家庭连有了孩子都没有说过话。

反咒语——西克保

“西克保”意为反咒语，即“对别人发出来的咒语予以还击，以保卫和守护自己的生命财产安全”。

“西克保”是凉山彝族生活中以消灾避祸，祈求来年五谷丰登、四畜兴旺，保卫和守护生命财产安全为目的而进行的传统仪式。每年的春季和秋季，每个彝族家庭无论贫富都要请毕摩举行不同程度的反咒语仪式。平时发生预示不祥的异常现象或意外事故时也可临时举行。

举行反咒语仪式必须要用一只公鸡，并且只能是只黑公鸡或红公鸡，切忌用白公鸡。举行反咒语仪式一般要邀请左邻右舍参加。富贵人家举行“西克保”要用膘肥体壮的公羊（公山羊或公绵羊均可），同时打枪鸣炮，吹号角，敲锣击鼓，喝酒抽烟，主人随毕摩念反咒语或诅咒词，场面十分热闹。

“西克保”仪式中的反咒语或诅咒词十分丰富，反映了彝族生活中以人与人之间的关系为主的社会生活的方方面面，揭示了人与人之间、人与自然之间各种复杂的关系。

“西克保”以反别人的咒语为主，对别人发出的咒语予以还击，报仇雪恨，避除灾难，消除厄运，铲除病魔，祈祷生命安全，祈求六畜兴旺、五谷丰登，同时对冤家仇人进行诅咒。

“西克保”仪式的第一个程序是“古草”，即插好神枝；第二个程序是“木古次”（放烟火），即用袅袅的青烟通知神灵；第三个程序是“尔察苏”，即用水洒在烧红的石头上做清洁；第四个程序是念完百家姓氏家谱，预示反咒语的广度；第五个程序是进行反咒，打畜打鸡；第六个程序是

极具挑战的征服式同居

她长相非常美丽，又善于妆扮自己，举止端庄，众人都说她容貌俊秀，娶到她是我的福气。因此，我有一种本能的羞涩感和盲目的满足感，继而对她产生朦胧的亲近感。我发现她也对我有好感，有时从眼神中明显地传递着一种火花，我们相互间产生了倾慕之情。

大概是时机成熟了吧。终于有一天，我鼓起勇气应对一个男人早已应该应对的挑战。在夜深人静时，我悄悄摸索到小媳妇的床边，她竭尽全力拒绝我，我们相互抓扯、厮打，我已满头大汗，但她还是顽强抵抗，最后我用武力和智慧制服了她，将其占有（这在男方表示勇武，在女方表示贞洁）。从此以后小媳妇便自然归顺于我了。同居过后相互之间才开始说话，之后，我们的恋爱才开始。

注：本文部分内容参考、引用阿措色子和比布有打的相关文章。原载于彝族人网、《布拖文史》（第8辑）

念经书；第七个程序是杀鸡杀羊、开饭；第八个程序是子咀除去病魔，洗净全身，吐出污秽。

“西克保”的整个程序都围绕着反咒语词进行，反咒语词列举如下：

居住在东南西北各个方位的百家姓氏中，上至土司下至普通百姓，凡是对我们家发出过咒语的人，今天，我们家将把它反推回去。

我们祖祖辈辈后世儿孙，喝的是自然流淌的水，烧的是自然成木的树，走的是自然平坦的路，穿的是羊毛织成的毡子，吃的是黄牛耕耘的粮食，偏说我们家不守规矩、不讲道理者，今天咒语将反至他家。

我们家祖祖辈辈后世儿孙都没有夺过别人之妻，没有杀过别人之子，没有抢过别人的粮食，却硬说我们家夺人之妻、杀人之子、掠夺财物的人，今天咒语将要反回去。

对我们家的人瞪了白眼、吐了口水，横眉冷对的人，今天咒语要反到他们家中去。

对我们家冷讽热嘲、恶语伤人、侮辱人格的人，今天我们发出的咒语要到他家去。

无故殴打我们家的人，无故伤害我们家的人，抢劫我们家财富、偷盗我们家牲畜的人，今天咒语将至他们家。

别人用膘肥体壮的羊子对我们家发出了咒语，我们家经济困难，没有膘肥体壮的羊子，只有找只神羊和神鸡。我们家的神鸡、神羊将会不可阻挡，冲锋陷阵地去寻找冤家仇人，要冤家仇人偿命。公鸡、公羊的灵魂到了冤家仇人家之后，厄运将降临仇人家，造成仇人家父子间相互残杀、妻离子散。

今天这只鸡，它是只神鸡，它的母亲下了30个鸡蛋，选了20个孵化，孵出10个小鸡来，幸存了5只，神鸡只有这只鸡，这只神鸡作反咒。现在打了神鸡头，意为在打仇人头，仇人将如鸡死去。现在狠打神鸡腰，意为打了仇人腰，仇人将如鸡死去。现在刷了神鸡嘴，神鸡嘴巴血淋淋，意为仇人嘴巴血淋淋。现在拔了神鸡毛，意为拔去仇人的头发。现在甩去一把刀，刀尖刺进仇人胸。现在将鸡甩出去，鸡头不回转，鸡的灵魂将要去冤家。冤家仇人家将会家破人亡、妻离子散。

子咀是“西克保”的最后一个阶段，用羊子做“西克保”才举行子咀。子咀包括剪、擦、吐、洗、劈、解等程序。剪，剪断红蓝线，意为切断灵魂走向阴间的路；擦，用荞子爆花擦身子，意为擦去附在身上的邪气；吐，喝口酒在嘴里吐出，意为吐出藏在体内的污秽；洗，用水洗手洗脚，意为洗去霉气污秽，祈求五谷丰登、六畜兴旺；解，解开疙瘩，意为解脱阻碍。

原载于彝族人网、《凉山民族研究》2012年刊

布拖彝族民间解梦

梦是一种生理现象。现代心理学认为梦是睡眠抑制状态时所发生的想象活动，是大脑对客观现实的特殊反映。彝族人在特定的地理环境和社会历史条件下，形成了许多独特的文化心理结构和意识共性，民间解梦就是其中很有趣的一项。

有关肉的梦

水果——梦见水果是吃肉的预兆。洋芋——梦见挖洋芋或吃洋芋是吃肉的预兆。大便——梦见大便是吃肉的预兆。

有关死的梦

柴——梦见拾柴预兆死人，其中梦见大树倒下死老年人，梦见树枝断了死年轻人，梦见树叶落下死婴幼儿。飞机——梦见飞机开进院子，预兆院子里面要死人。梦见有人坐飞机，也是预兆该人要死。汽车——梦见汽车开进院子，预兆院子里面要死人。梦见汽车从院子里面开出，预兆院子里面要死人。梦见有人坐在汽车上开走了，预兆该人要死。担架——梦见有人被放在担架上，预兆该人要死。绳子——梦见有人的颈上被套住绳子，预兆该人要死。出嫁——梦见已婚女子出嫁，预兆该人要死。牙齿——梦见门牙掉下，是死小孩的预兆；梦见大牙掉下，是死父母亲的预兆。肉——

梦见吃肉据说要耳闻人死。筐——梦见背起筐筐预兆要死人。竹——梦见砍竹子是死年轻人的预兆。

有关生育的梦

枪——梦见玩枪要生男孩。刀——男人梦见用刀，预兆老婆要生男孩；孕妇梦见镰刀或剪刀是生女孩的预兆。

有关疾病的梦

钱——梦中得到钱要生病。牛——梦见被牛斗的人要生病。狗——梦见被狗咬，表示受鬼神缠住，可能要生病。盗窃——梦见自己的衣物或财产被盗，表示厄运将要降临。落水——梦见自己的衣物落水预兆失魂，不幸将要来临。蛇——梦见蛇预兆自己孩子要失魂，将要发生灾难。马儿——梦见马儿预兆鬼神降临，灾难将要发生。挨打——梦见自己被打，是被鬼神纠缠的预兆。迷路——梦见自己迷路预兆厄运会降临。鸡——梦见鸡飞到自己家中来，预兆受别人诅咒，可能要发生不幸。

当然，对梦的这些解析，缺乏科学依据，不应相信。但它从一个侧面反映了彝族人的思维结构。

原载于彝族人网、《凉山民族研究》2010年刊

彝族民间传说中的第一人

开天辟地的创始人是斯惹底里；
毕摩的创始人是格牛布保；
整地、修地的创始人是木点油祖；
酒曲子的创始人是底莫有典；
酿酒的创始人是补尔惹吃；
打铁工艺的创始人是古莫阿尔；
过年的发起人是喔补科散；
超度送祖灵仪式的发起人是灵毕史祖；
娶妻结婚的发起人是史尔俄特；
为父母操办丧事的发起人是朴火都基；
第一个喝醉酒的人是色色怕和；
召聚会议的第一人是补尔惹耻；
调解纠纷案件的第一人是莫可地占；
起兵打仗的第一人是子米阿只；
使用毒药的第一人是马布土目。

原载于《布拖文史》（第7辑）

独具特色的布拖阿都小猪儿烧烤

布拖县小猪儿烧烤以其独特的风味受到国内外客人的喜爱。到过布拖的很多游客都情不自禁地发出“不吃不敢吃，吃了还想吃”的感叹。现在小猪儿烧烤已成为布拖人招待客人、过年过节、朋友聚会、乔迁之喜、红白喜事等活动中不可缺少的一道美食。

用小猪儿烧烤招待客人，主客围着烧烤架四周而坐，缩小空间、缩短距离、敞开胸怀、畅所欲言、无拘无束、奔放洒脱，时而酒歌兴起、时而酒杯交错，在边吃边喝边谈边唱中尽情享受，忘却忧愁，其乐融融。

布拖小猪儿烧烤：把不喂配方饲料的二十至三十斤的小猪儿杀死，刮净猪毛，稍稍一烤，切成小块，用清油将其与土豆片、南瓜片、魔芋片、豆腐干、饵块及韭菜等菜品充分搅和，分装在盆里。烧好火红的干炭火，配上烧烤架，调配好由海椒面、花椒面、食盐、味精、芝麻等拌和而成的佐料。按照个人的口味挑选自己喜欢的食物放在烧烤架上翻烤，待烤熟后蘸佐料食之，吃起来香味扑鼻，回味无穷。

原载于《凉山日报》2004年7月7日第二版

布拖地名趣闻

布拖的由来：布拖又称“吉拉布拖”，是彝族“补特”的音译。“补”指刺猬，“特”指松树，意思是有刺猬和松树的地方。是彝族阿都的聚居县，中国彝族火把节之乡。

特木里镇的由来：特木里镇的名称来源于“特木”二字，“特木”指松林，因布拖县城所在地特木里原来是一片松林而得名。

阿都街的由来：布拖县商业步行街口到县财政局门口的街道被命名为阿都街，其命名很有特色。因为布拖是彝族阿都聚居县，属于阿都的腹心地带。凉山四大土司之一的阿都正长官司大约是在明景泰三年（1453）在普格、布拖一带任土司。在少数民族聚居的边远山区设置大小土司，形成世袭制度，这是封建王朝在鞭长莫及的情况下采取的“以夷治夷”的统治措施。阿都正长官司，即阿都土司，彝族称为阿都兹莫。他所辖范围广袤，整个布拖县、普格县（除拖木沟）、宁南松新、昭觉柳且及金阳部分地区都归他管。衙门设在布拖吉巴洛补（现光明村）、普格勒别嘎特、洛乌补子足、洛佐、米色特苦五处。阿都土司在这一带统治了500年。布拖彝族讲阿都方言且彝族最有名的火把节发源在这里，为了传承阿都文化，发扬火把节文化，特命名为阿都街。

阿布洛哈村的由来：布拖境内有座山叫阿布测鲁山，海拔3891米。据说古代洪水暴发时，该山峰露出水面的部分只够一只鹿站立，因而得名“阿布测鲁山”。“测”指的是鹿。“哈”彝语指“底”，原布拖县康复村地处阿布测鲁山脚下，属于峡谷地段，因此得名。传说中阿布洛哈是布谷鸟的故乡。2007年原麻风村更名为阿布洛哈村。另外阿布测鲁山这一带，曾经是姓“阿布”的黑彝管辖区，故这一带的地名前都加了“阿布”两字，如乌依乡的瓦和村俗称“阿布瓦和”，浪珠乡俗称“阿布拉珠”等。

特觉拉达的由来：特觉拉达指现布拖县联补、基只、委只一带，“拉达”指沟渠，“特觉”指有松树，因其地形像猪槽，并长有松树而得名。

瓦都的由来：瓦都指“凹形”，因现瓦都乡所在地阿都洛嘎形似锅底，地形呈“凹形”而得名。

洛奎的由来：“洛奎”指林子之边，前边加上当地地名就形成了泛指的地名。如乌科洛奎包括乌科乡一带，黑哈洛奎指现特木里镇洛奎村一带等。

依达的由来：“依达”指河谷或河边，前面加上当地姓氏最多的家支的姓，便成为当地的地名，如阿省家支居住的河边一段称为阿省依达（现拖觉镇阿省依达村一带）。

嘎戈的由来：“嘎戈”指弯道，在“嘎戈”前加上当地地名便成为小村庄的地名，如嘎戈特果，“特果”泛指现拖觉镇呷沟村，而嘎戈特果只指该村村委会所在的那个组。

基来的由来：布拖很多地方的地名都带有“基来”二字，如火机基来、热惹基来、杂洛基来，“基来”是山口的意思，“基来”前面加上该地的地名便成为该地山口的名字。

布拖彝族婚姻观念悄然转变

布拖县彝族的婚姻观念发生悄然变化，与外族通婚不再是禁忌。这已成为凉山彝族社会变化的一个缩影。

布拖县从奴隶社会一步跨入社会主义社会。长期以来，布拖社会一直保留着森严的等级内婚制度，族内群体不得与其他民族通婚。本民族内，通婚制度也较为严格，土司和黑彝不与白彝、娃子通婚，白彝也不跟娃子通婚，不同等级、不同地位者不能恋爱、发生性关系或通婚，否则会受到家族的严厉惩罚。

近年来，随着时代的发展和人民文化程度的提高，布拖彝族年轻一代受教育面大幅扩大，婚姻观念也在悄然变化。有工作的彝族职工或者职工子女中和汉族通婚的家庭越来越多；在农村，也有部分彝族姑娘远嫁汉区。在族群内，等级内婚制逐渐被打破，在机关中，黑彝与白彝之间、白彝与娃子之间通婚率不断提高，且老一辈布拖彝族对此多持宽容态度。随着婚姻对象选择范围的扩大和优生优育意识的提高，布拖彝族传统的姑舅表亲优先通婚率逐步降低，自愿办理婚姻登记手续的人不断增加。

原载于凉山彝学网

彝族性传统与性教育

生理学和心理学的研究表明，初中阶段是学生的青春发育时期，学生的生理和心理都发生着一系列变化。男女学生进入性成熟阶段，性意识开始觉醒，对异性产生特殊的好感和好奇，开始关注异性友人，对爱情产生向往之情。而他们的世界观尚不稳定，还有很大的局限性和盲动性。

处于青春时期的彝族学生，随着性意识的日趋成熟，便自然地沿袭着从历史上继承下来的关于两性关系的一些落后的传统意识和不良的风俗。特别是在彝族民间生活中约定俗成的有关两性问题的消极俗语所形成的意识共性，最容易被处在青春期又没有多少知识的彝族少男少女所接受。有俗语“树木花草有一春，青春不玩晚年悔”，唤醒了彝族少男少女的性意识，继而对异性产生强烈的渴望；又有俗语“男儿低能女一人，女儿无貌男三人”，刺激了通过与多位异性“交往”从而在同性中获得荣誉的需求；“哪有怕狼不养羊，哪有怕鹰不喂鸡，哪有怕敌不生子”的俗语刺激了彝族青年人不顾家长的严加管教和社会的非议，趁夜深人静之时偷偷出去幽会。

凉山州是我国最大的彝族聚居区，布拖是大凉山的心腹地带，全县十三万人口，彝族占百分之九十五以上，布拖气候寒冷，地处偏僻，交通闭塞，经济文化落后，社会发展缓慢，同大凉山其他地方一样，新中国成立前仍处于奴隶社会，现在是典型的国家级贫困县。由于特定的地理位置和社会历史，布拖彝族长期以来一直呈封闭状态，极少与外界接触，也极少受到外界的干扰和影响，至今仍保存着古朴的独具特色的固有习俗。

布拖县特木里中学，是一九九二年七月经凉山彝族自治州人民政府批准成立的一所初级中学。它肩负着培养少数民族地区实用人才的重任，实行两种办学体制，成为布拖县双语教学的科研基地。学生是来自全县各地百分之百的彝族人。从特木里中学学生的一些行为中可以反映布拖甚至凉山彝族学生的一些共同特征。

在彝族社会生活中，尽管以家庭为核心的彝族人的性观念十分保守，尤其是彝族亲族内部的男女之间切忌发生性行为，彝族家庭成员内部除结发夫妻之外都绝不能谈论一切有关性的东西。但是在家庭之外，彝族传统中又有在自愿基础上性开放和等级限制下性保守的习俗，家长限制下的性封闭与青年阶层中性开放等意识，及以上所举的一些有关两性问题的消极因素根植于彝族少男少女的心中，禁锢着青春少年思维活动的健康发展，左右着他们的行为和生活方式。尤其是从边远山区来到县城学校寄宿就读的学生，一方面不可避免地带着传统消极的性意识，另一方面又在县城里受到电视电影中某些黄色镜头的刺激，而容易发生自发性的性体验。建校初就曾经发生过本校男女学生同居，男生把社会上的女人带到寝室里居住，女生把社会上的男人带到女生寝室居住的现象。这些有过性体验的学生，便随意自然地进行第二、第三次。发生过性行为的男女之间，似乎被一种无形的魔力缠住，无限地诱惑，无限地吸引，驱使他们产生连锁反应，甚至滑入深渊，不可自拔。从而伴随着追求外在的东西、上课时精神恍惚、心不在焉、失去常态、精神萎靡、学习成绩突然下降、行动神秘等现象的发生。这是当前我县甚至凉山部分彝族学生进入初中阶段成绩便垂直滑坡和彝族女学生升学率偏低的重要原因之一，同时也是个别学生走向性犯罪的原因之一。

为此，近年来布拖县特木里中学非常重视对学生的青春期教育，始终把青春期教育摆在学校教育工作的重要位置，并取得了显著的成效。

布拖县特木里中学建立了青春期教育领导小组，把青春期教育列入学校德育工作的重要内容。青春期教育小组由学校党支部书记(校长)担任组长，由教导主任、团支部书记、各班班主任老师担任成员。领导小组坚持审慎严肃、大胆施教的原则，根据各年级学生的生理和心理特点，制定青春期教育条例和计划，安排目的明确、切实具体的教育内容，以形成布拖特木里中学青春期教育的具体方案，为便于操作和实施，领导小组坚持以专题教育与教师在学科中的课堂教育相结合，绝不松懈。在教育过程中抓住重点难点，在教育对象上分不同层次，在时间上分成相应的阶段，采取集中教育和分散教育相互结合、直接教育和间接教育相互补充、因材施教等方法，对学生进行科学的青春期教育。具体做法是：

一、对学生进行传统性文化教育

彝族在特定地理环境和历史条件中形成了独特的性文化，这些传统性文化有积极的文明成分和消极的落后成分。青春期教育工作者通过在学生中开展自我评价民俗的方式，正面引导学生明确哪些是精华可以继承，哪些是糟粕应该抛弃，继而引导学生摒弃行为意识和风俗习俗中消极落后的内容。通过开展传统性文化教育，使学生转变传统习惯思维方式。

二、对学生进行传统性道德和性法制教育

在初中男女学生的身心发展中往往是性心理成熟走在了道德成熟前面。因此，我校在进行青春期教育时，注重抓好性道德和性法制教育，具体表现在：

1.对学生进行性文明教育。

布拖彝族非常蔑视不守规矩的人，把风流过甚的女人称为“烂人”，致使“烂人”这一词语成为侮辱女性人格程度最深的语言。被社会公认为“烂人”的女人将受到社会的谴责，招致出嫁难的后果。我校青春期教育者通过这些特例对学生进行自尊自爱、尊重人格、珍惜年华、自我保护、懂得男女交往的礼仪和规范等道德教育。

2.列举一些性犯罪案例，对学生进行性法制教育。

在一次青春期性法制教育过程中，通过布拖中学一位男生因与交际河中学一位女生(从小被父母定了娃娃亲)同居，被女生的准婆家活活打死的实例教育学生，使学生明确其极大的危害性，从而在思想深处引起警觉。

通过以上方式的性道德和性法制教育，增强了学生用道德、理智感和法制观念调节和控制自己性意识的能力，从而引导学生顺利通过人生发展的关键时期。

三、加强思想教育，激发学生产生强烈的上进心

以本民族先进人物的事迹和崇高的精神境界去激励学生，引导学生树立远大思想，培养高尚的情操和坚强的意志来克制和调节自己的性意识，组织学生开展丰富多彩的活动，以充实他们的生活，把他们旺盛的精力引向健康有益的

活动中去。

常用课间操和周会课对学生进行理想教育，激发他们产生强烈的上进心。现将一次简单而典型的理想教育的简要内容摘录如下：“同学们，我校学生共有一百七十多人，可是女同学就只有你们在坐的十五人。在全县十三万人口中，与你们相同年龄的农村彝族女孩不会少于三千人，可是现在在中学读书的农村女孩最多不过一百人，在这一百人中也是父母一方有工作占多数。你们的父母能让你们读书，说明你们的父母觉悟高，关心你们，这是你们父母给予你们的最大关怀。因此，你们应该珍惜青春年华，把一切精力投入在学习中，不应该因为受到一些消极落后的思想的侵蚀而误了自己的前程。现在布拖县边远山区的某些乡里，连妇联主任都由男人充当，实在很遗憾。今后将由你们去充实妇联主任的岗位，希望你们珍惜光阴，努力学习科学文化知识……”听了这些质朴而感人的话后，女生们用专注坚定的眼光注视着我。此刻，或许她们为自己的消极度日而感到忏悔，或许对未来充满着信心和希望。从她们的眼神中，我可以看出教育目标已经如愿地达到了。

另外，学校经常利用课外活动时间举行篮球赛、青年舞、拔河、军训等活动，改变学生的消极追求。

四、对学生进行生理卫生、心理卫生、性知识和婚姻法知识教育

把学生按性别和年龄分成不同的教育阶段，因材施教，对学生进行不同层次的青春期教育。

1.提前对初中一年级学生进行青春期生理发育特征和卫生保健教育。使学生懂得男生遗精、女生的月经是正常的生

理现象，女生要做好经期卫生，正确认识自身发育的变化，消除因第二性特征的出现而产生的各种消极心理。

2.对初二学生进行青春期心理发展特点和心理发展、健康心理的教育，提高学生的心理素质和行为能力，进一步增强自我控制能力。

3.对已订婚男生进行性知识和计划生育知识教育。

由于历史的原因，彝族有小孩生下来就为其订婚的习俗。这里包含门第观念和势利心，如果哪家小孩出世后没有订婚，那就说明这家人地位低、贫穷。因此，小孩定亲被看成是光荣的事情，家长总是想方设法给自己的小孩定亲。因此，来自农村的彝族中学生中就有相当多的已婚男生。

这些已订婚男生既受学校教育，又是家庭的一员，对这些双重身份的学生，学校做到正面引导他们把读书和家庭的关系协调好，并以科学的性知识和计划生育、婚姻法的有关知识为主要内容教育他们，使他们能正确对待家庭和学习的关系。

五、设置女生专门课

学校把青春教育的重点放在女生身上，设置女生专门课，指定教生理卫生的女教师和生活管理老师授课。

定期开设的女生专门课主要讲授生理卫生知识，男女正常交往的礼仪和规范、安全知识。教育女生正确认识自己的生理变化，增强自我保护意识，不轻易接受男人的礼物和邀请，不轻易相信男人的甜言蜜语，夜晚不独自出门，不穿过分暴露的服装，不让男人随意进宿舍，不外宿等安全知识。

六、加强对学生的封闭管理，尽量减少外界干扰和影响

学校制定了住校生管理制度，每天晚上行政值周，值周教师都陪同生活管理老师查夜学生寝室，严格执行寝室考勤，严禁住校生外宿，禁止外人借宿学生寝室，不许学生看黄色书刊和黄色录相。假期前召开家长会，要求假期中不要让学生外宿。

通过以上几个方面既抓住特点又联系实际重点突出的系列教育，使学生正确认识自身生理发育的变化，消除由于第二性特征的出现而产生的各种消极心理，消除了传统习惯意识中消极因素对学生思想的影响，基本扫除了学生之间相互倾慕而发生早恋，早恋导致性行为，性行为又引起热恋的梯级的恶性循环。使学生树立自尊、自爱、自重、自强的人格，实现把学生的主要精力引导到学习中去的愿望。

学校长期坚持定期对学生进行青春期教育，这一工作已基本具有制度化、规范化和统一化的特点。当然，在封闭落后的彝族地区开展性教育是一项长期而艰难的任务，我们将一如既往，继续探索。本文所涉及的经验无疑还很肤浅，不过抛砖引玉而已。

原载于《凉山教育研究》1999年第2期

第三部分　散文、随笔与游记

神秘的彝族恋爱风情——阿都嘎它

以布拖县为核心的彝族阿都地区，尽管伦理道德十分保守，尤其是家族内部男女绝不能产生恋爱行为，但和其家族之外的尚未婚配青年，就有自由寻找“朋友”的传统习俗，男青年还以“朋友”上百为荣。

“寻找朋友”彝语称“它”，“嘎它”是阿都（小裤脚）地区的“它”方式，即白天在路上约好，夜间来相会。“嘎它”一般是男方主动追女方，女方要寻找自己“不愿意”的各种理由，提出各种难题，设置种种障碍，男方要用彝族谚语、尔比尔吉等各种知识来压倒对方，击破其一道道防线，直到使她心悦诚服，拿出信物。现以我的一次“嘎它”经过为例，介绍布拖彝族的恋爱风情。

嘎它在路上

一年一度的火把节选美结果已揭晓，被评选为今年火把节拖觉洛达美女的妞牛一时成为人们茶余饭后的热议话题，也自然成为年轻小伙子们竞相追求的目标。爱美之心人皆有之，多情的我莫名地喜欢上了她，对她产生爱慕之情。“它”妞牛的念头由来已久，每次赶集，我的目光总是在熙来攘往的人群中寻觅妞牛的身影。只要未见着，心中就觉得很空虚。见到了她，便产生一种莫名其妙的满足感，且心跳加速，总不敢去接近，更不敢去搭腔。谈不成的生意很多，但是绝对没有未谈而成的生意，于是下定决心“它”妞牛一回。

每次赶集，集市上总是熙熙攘攘，水泄不通。在拥挤的人群中穿来梭往的年轻人，穿着美丽的服装，是在寻找自己的情人或意中人。在赶集的姑娘散去后，尚未约好自己的情人或意中人的小伙子会感到极度空虚和失落。赶集人纷纷归村了，妞牛随着归村的人流往回家的路上走去。机会来了，我匆匆喝了二两白酒壮了胆紧随她而去。她回头瞟了我一眼，在她的目光与我的目光相逢的那一瞬间，我心跳加快，有种全身发麻的感觉。如果在这个时候退回来，实在太丢人，我只有鼓起勇气对她说道：“前面的姑娘，请你等一等，我俩结伴同行，好吗？”她装作没有听到，继续往前走。我提高嗓门重喊一遍，她还是不理不睬，于是我三步并作两步靠近她。她以奇怪的眼神看了我一眼。我对她说：“等一等，我俩一路去行吗？”她说：“你说哪个？”我说：“除了你，还会是谁呢？”“我不认识你。”她说。我说：“不认识没有关系，不同地方的两块石头被人捡在一起便相识了。从不相识的鸟儿和树木，鸟儿落在树枝上后二者就相识了。不相识的两位年轻人一往亲戚方面推测，必然就能成为亲戚。看似不相连的两座岩壁，其实构成了相互映照的整体。没有不连着的地，也没有无亲缘关系的人。以前不认识，现在交谈不也就认识了吗？今天我是特地来与你同路交谈的。”她说：“我谈不来口。”我说：“人类喜欢交流，虎豹喜欢食肉，蜜蜂喜欢花草，老人喜欢醇酒，小孩喜欢糖果，云雀喜欢虫子，乌鸦喜欢漆果。蕨基草下的野鸡一只鸣叫便引来多只齐鸣，原野上的云雀一只鸣叫便引来多只齐鸣，只要我俩一路边走边谈，自然感到脚步轻盈，心情愉快，何乐而不为呢？今天我不卷裤脚不涉水，不经思考不赶路，特意来‘它’你的。”她说：“我不懂什么叫‘它’，现在我只知道吃饭长身体。人，我只认识父亲与母亲两个人；地，我只认识埂上和埂下两块地；牛，我只认识黄、白两头牛。其他的事物我一概不知。”我说：“妞牛哟，你在说反话了，你的言语如同镰刀一样犀利，你曾在险要的悬崖峭壁上牵过牛，你曾在狼群聚集的地方取过火。蓝色，只有荨麻你未尝过；红色，只有火你没有吃过。蓝色之蛇知花草，鱼儿知水性，鱼儿不被水淹死；老鹰知风向，老鹰不被风吹倒；花蝉必识树木竹子的枝叶，家父必知木柴竹子的用处，母亲必识家畜之灵性。‘它’，你不懂谁会懂？”妞牛露出了笑容：“小伙子你真会开玩笑，你说起话来真动听。你把话儿说进水中去，我想把它捞到岸边听；你把话儿说到岩壁上，我想把它捞到壁边听。你的牙齿和舌头造词真厉害，我把你的话儿听进脑海里，感到头晕又眼花；听进手脚里，感到手乱又脚麻。我能听懂却无法应答。”我说：“云雀不知黄昏，见了地埂便落地，喜鹊不知黄昏，见了树林便归巢。远古的时代，兹里史色遇见了去远方寻亲的史尔俄特，便停止了织布，拦住史尔俄特，缠着史尔俄特，逼着史尔俄特猜谜语，迫使史尔俄特留下与她成亲。创造了人类历史上女人追求男人的动人故事。骏马，最强壮的时候不上赛场，老后将会套上马鞍，再也不能驰骋疆场了；肥壮的黄牛，趁健壮时，不到斗场上来斗一场，老了就只能拖犁耙了；年轻小伙子，如果不趁年轻要把够，成家后便成为房屋的主人，想要也没有机会了；年轻漂亮的姑娘呀，不趁年轻要把够，出嫁成家成了锅庄锅儿的主人，成了孩子的妈妈，再也玩不了了。布谷鸟只鸣叫三个月，阿吉么之尔花只开七天七夜。人生一世，草木一秋，青春玩不好，晚年必后悔啊。俗话说：‘朋友越多越好，敌人越少越好，一百个朋友不算多，一个敌人不算少。’今天我专程来‘它’你，你怎么还不表态呢？”她说：“我再重复一遍，现在的我吃了烧烤的食物，却不知弹去灰灰，吃了肉食却不知揩嘴巴，除了知道吃饭外，其他什么都不懂。”我说：“天上星星虽然多，却只有一颗最明亮；林中树木虽然多，能做犁耙的却只有几棵；林中竹子虽然多，能做口弦的却不多；世间美女虽然多，我喜欢的却只有你一个。今天，你不给我表态，我不让你回家。当然，如果你不愿意和我‘它’，我也不能勉强。两个鸡蛋不可以拴在一起，不愿鸣的鸡不可强行张开翅，不愿叫的狗不可强行撕开它的嘴，强扭的瓜不甜。”她说：“我经不起冬天夜晚的寒冷，受不了父母严厉的目光，更害怕遭来亲家的毒打。”我说：“青春不玩晚年悔，哪有怕鹰不喂鸡，哪有怕狼不养羊，哪有怕敌不生子。”她沉默了一会儿，不好意思地说：“牧羊者有背不起死羊的人，放猪者有背不起死猪的人。”我说：“我量力而行，量力打包袱，敢作敢当，敢为自己的行为承担责任。”这时，我看得出她没有拒绝的意思，于是我趁热打铁抓住她的毡子。她说：“不要这样，君子动口不动手，人贵讲风格。”我说：“那用什么做定情物？”她不好意思地递给我一支口弦，我激动得差点跳了起来，于是约好了相会的时间地点。

相会在林间

终于等来了盼望已久的约会日期，天黑后，我约好我们村寨的两位年轻小伙子，带上定情物，买了些水果糖，往目的地奔去。我们三人一路上谈笑风生，边喝酒边聊天，不知不觉中来到了约定地点。这时，我感觉既兴奋又担心，担心她会失约，因为失约是一种玩弄，是一种欺骗，是一种侮辱性的欺骗。我环视四周，未见人影，我的担心在升级。突然一阵笑声给了我惊喜，松林中窜出了三位穿着裙子的姑娘，那不是妞牛她们吗？我的心犹如哥伦布发现新大陆般欣喜若狂，她们来到我们身边时，齐声朗诵了迎接朋友的传统诗——“邓胜诗”：“你们来的地方老人平安小孩快乐吧！你们来的地方五谷丰登六畜兴旺吧！你们来的地方没有灾害没有瘟疫吧！”我们以“舅舅平安舅母健康舅子快乐吧”予以应对。我们选择了松林中的一块草地，大家围成一圈席地而坐，中间摆放着烟、酒、糖。秋天的夜晚皓月当空，星光闪烁。美丽的月光下，我们六位年轻男女在这空旷的原野上进行着青春的狂欢。

我们男女各分一组，开始进行约会仪式的各种活动。她们组中个子矮小，但美丽可爱、聪明大方、口齿伶俐的阿果大显身手，连续为我们朗诵了几首彝族民间爱情诗。我们组中见识丰富、反应敏捷的木牛不甘示弱，对着阿果诵诗，又自编自演了几首情诗。不甘沉默的阿牛也滔滔不绝地来了几首，英俊潇洒的木嘎给予了还击。几番较量后双方不分胜负。于是妞牛提出进行“猜谜语比赛”。我为自己有了发挥特长的机会暗自高兴，因为小时候我喜欢听老人们猜谜语，一般的民间谜语，我基本上都能猜中。不出我所料，她们出的谜语都被我猜中了。她们目瞪口呆，彻底认输了。接着，她们三位又不约而同地拿出口弦弹了起来，一会儿是阿果的三弦，一会儿是阿牛的两弦，一会儿是妞牛的四弦，一会儿又是三人齐弹，真有“大弦嘈嘈如急雨，小弦切切如私语……未成曲调先有情”的感受。她们的口弦声回荡在夜晚的树林间，令人如痴如醉，觉得自己好像生活在世外桃源里。这一下把我们的气势压倒了，因为我们三位几乎是弦盲。当我正投入地欣赏她们的口弦声，陶醉在她们的口弦声中时，阿果忽然抱住了我的腰，阿牛跑来并拢了我的脚，把我抬起来左摇右晃，我才意识到男女摔跤开始了。那边的妞牛更惨，不是被木嘎搂着拥抱，就是被木牛抱着亲吻。他们四位把我和妞牛折磨得差不多之后，互相间又玩了起来了，直到玩得精疲力竭之后才停了下来。然后，我们又继续围成一圈，喝酒吃糖，讲故事。

夜深了，我还没来得及让阿牛、阿果和木嘎、木牛两两配对交朋友时，阿果和阿牛就以拾柴烧火为由溜掉了，继而木嘎和木牛也以追回阿果、阿牛为借口跑掉了。这时候，这一片天地就只剩下妞牛和我了，反倒有点不自然。经过几番猛烈的较量，她的防线彻底崩溃了，天上的月亮见了我俩都害羞地躲进云层里去了，我为实现自己的愿望而陶醉。这一夜，我俩聊了很久很久，无话不说，不知不觉迎来了天上的启明星。我表示要启程离去，妞牛却含情脉脉地对我说：“蕨基草上的野鸡尚未鸣叫，你急什么呀？草原上的云雀尚未鸣叫，你急什么呀？屋里雄鸡尚未鸣叫，你急什么呀？河中的青蛙尚未醒，你急什么呀？”接着又拿出口弦弹了起来，悠扬悦耳的口弦声荡漾在原野上，令人感到心旷神怡，然而无情的启明星向我俩眨了眼，催我俩离开。回去的路上我觉得自己丢失了一样什么东西似的。

狂欢在火把场上

自从上次相会之后，我俩便自然成了传统习俗中约定俗成的朋友。每次见着她，只要我能找到机会提出约会，她都从不拒绝。我们从最初通过语言取得联系，渐渐形成了通过表情信息相约。一次次相约中，彼此默默地接受了对方，产生了“三天不见必在梦中见”的感觉。一次相约中，她低声哼着：“亲爱的朋友，打荞子的时候，愿能和你共用个场地；背粮食的一天，愿能和你共用一个歇处；口渴时，愿能共喝一口水；睡觉时，愿能共枕头；愿你变成海椒来，时时装在篮子里；愿你成为客人来，来到火塘上边坐，一副炊具同饮同食多快乐。”我又陶醉在人间真情中。当她告诉我她要与别人订婚的消息时，我感到很失落，无法控制自己的情绪，说道：“天上可恶者，雷电也；地下可恶者，草中毒蛇也；人间可恶者，来娶你的男人也。来娶你的男人呀，骑上马儿走在山顶时，愿被马儿摔到山沟去。”说来也怪，平时在人群中相遇时彼此不敢正视对方的我俩，夜晚相会在林间时却十分热烈，热烈地拥抱、热烈地亲吻、热烈地狂欢，真是享尽了人间的激情。

火把节是东方的狂欢节，更是彝族的情人节。“吃在彝族年，连吃三天三夜不过分；玩在火把节，狂欢三天三夜不过分。”第二年火把节的第二天，我早早地来到了火把场，期待着妞牛的到来。我的眼睛终于在熙熙攘攘、水泄不通的人群中找到了她。她打着黄伞，穿着满布花纹的衣服和丹红扎里红裙子，头上戴满银饰，胸前佩戴银饰颈带，迈着姗姗的脚步向火把场中心走来，在人群中显得格外显眼，分外美丽。

她看到我之后，向我微微一笑显得特别动人，感觉有股暖流传遍我的全身。一会儿，她同几个美女一同朝我走来，并给我使了一个眼色，我意识到她们要干什么，于是吩咐木牛买来糖果，约好几个朋友随之而去。我们来到火把场附近一片林子中的空草地上，把她们的黄伞搭成临时帐篷，打开帕子，大家围成一圈席地而坐，中间已摆好了她们买来的烟酒和我们买来的糖果，我们喝上她们的酒，喝在嘴里醉在心里；她们吃上我们的糖，吃在嘴里甜在心里。大家边喝边吃边聊，其乐融融。不知不觉到了黄昏，火把场上的人也几乎散尽，我们约她们到山坡上玩，并为她们杀猪宰羊。我们一会儿弹奏口弦，一会儿抱腰摔跤，一会儿唱山歌跳朵洛荷舞，激情狂欢火把夜，忘却了人间忧愁。第二天，妞牛还送了我一套自己亲手缝制的节日服装，穿在身上时，长相普通的我显得十分神气。

原载于《南方人物周刊》2005年第25期

美丽的吉拉布拖

布拖县位于四川省凉山彝族自治州东部高寒地区，县城海拔2380米，与周边五县相邻：北靠昭觉，从西至南以乌科、吉留秀梁子为分水岭，与普格、宁南交界；东南以西溪河、金沙江为界，与金阳县和云南省巧家县隔江相望。因地处布拖坝子（俗称吉拉布特觉谷）而得名。境内地势西北高东南低，从西北向东南形成倾斜面，山脉纵横，小溪交错，最高海拔是3892米的阿布泽鲁山，最低海拔是540米的三江汇合处，80%的起伏山地，海拔均在2000米以上，形成三大坝子四片坡，地形以中山和山原为主。

布拖县于1955年建置，1962年复置。全县5个片区，辖3个镇，27个乡，190个行政村，1028个村民小组。其中，彝族人口占总人口的94%，还有汉、壮、白、苗、藏、回、蒙、京等13个民族。

布拖是彝族阿都文化保存最原始、最完整的彝族聚居区，也是彝族火把节的发祥地。拥有得天独厚的民族文化资源；具有古老而纯朴的民风民俗，如火把节、彝族年、毕摩苏尼、婚丧嫁娶、民间艺术、服饰文化、饮食文化等，深受国内外游客青睐。有以朵洛荷为代表的丰富的彝族阿都文化资源，有原生态的特色农产品，有鲜艳夺目的银饰手工艺成品，有绚丽多彩的彝族服饰……

世界珍稀植物四川榧在布拖的万吨山坚强地生长着；国家一级保护动物黑鹳、二级保护动物丹顶鹤自由地飞翔在“鸟的天堂”乐安湿地的上空。

布拖县自然风光迷人，在西昌驶向布拖的公路上，从进入布拖段开始，公路两旁就栽植着整整齐齐、亭亭玉立的白杨树，公路在白杨树洞中穿过。夏天，公路两旁绿树成荫，映入眼帘的是绿茵茵的白杨；秋天，公路两旁形成金黄色的自然风景线。沿路就能欣赏到“人在车上坐，车在树中行”的人随车游白杨林的美好风景。

有着俗称“鸟的天堂”的四川省第二大湿地自然保护区乐安乡万亩天然湿地。乐安湿地四周山势平缓，湿地内水草丰茂，候鸟成群，随处可见黑鹳、苍鹭等珍稀鸟类成群结队飞翔的景象，是湿地旅游、观鸟的好地方。这里分布着11个彝族原始村落，至今仍保留着原始的民风民俗。

乌科高原万亩索玛花海，每到五六月份，漫山遍野的索玛花盛开，争奇斗艳，在明媚的阳光下，彩蝶飞舞，花香扑鼻，美不胜收，让人目不暇接，如痴如醉。

这里还有着四川省“我心目中最美的乡村油路”之称的布拖一拖觉路。公路两旁栽植着整整齐齐的白杨树，油路在长达20多公里的白杨树丛中穿过，终止于瓦都水库之边，与青山绿水相互映衬，美不胜收。

布拖有万吨山、大峡谷等集幽、险、秀、美为一体的自然景观旅游景点。

还有吉留秀原始森林、金沙江大峡谷布拖段红岩子、瓦都水库等各具特色的旅游景点。

拔地而起的栋栋高楼大厦、宽阔的街道、独具彝族风格的路灯、整整齐齐的道旁树、彩色花纹的人行道、天网监控系统电子眼等点缀着年轻的布拖县城，使这块古老土地上的布拖县城充满生机与活力，显得更加美丽。

原载于《凉山经济》2014年第3期

人生梦想追求与进步

——求学路上展风采

我自幼失去父亲，一直生活在贫困的农村家庭里，贫困的家庭培养了我顽强而坚韧的性格。

1983年7月毕业于原火洛觉乡火洛觉小学，1986年毕业于拖觉中心校，并考上凉山民族师范学校，成为拖觉中心校历史上第一个考上中专的学生。

1990年7月，我从凉山民族师范学校毕业，被分在布拖县最偏僻的衣某区瓦都小学教书。9-12月的瓦都伴着我的始终是浓浓的云雾和绵绵的细雨，最令我失望的是动员上学的一个多月里，仍没有几个学生来上课，请来的学生也无法留住。我不愿自己永远生活在这孤寂的空间里，时刻惦记着人生应不断创造条件完善自己，同时，意识到光有中专的知识水平是远远不够的，经过曲折的跋涉，我去凉山教育学院进修化学。一年的时光犹如一天，从身边悄悄溜走，在全省统考中，我以平均分88分的优异成绩获得专科层次的化学专业合格证书。回到自己可爱的家乡后，被调到特木里中学任教，有了这样的学历和工作单位，在同事心目中似乎是幸福美满的了，然而我感觉自己的知识水平还很低，尤其是在工作中，深知自己的文科知识还很贫乏，由此我产生了学习文科知识的强烈愿望。我深信只要不断与知识相撞击，就会有灿烂的火花。于是，毅然报名参加自学考试，开始踏上自学成才之路。

布拖地处偏僻山区，我没有条件外出听辅导课，一切都只能靠自己手里的书本和资料自学，我时常捧着书迎来黎明的晨曦，又捧着书送走黄昏的晚霞，但家庭和工作的重压接踵而来。我担任两个初中毕业班的化学课教师，并兼任班主任，妻子在农村务农。身边带着自己的孩子和别人托付的孩子，每天忙完学校的工作后，尚未歇息片刻，便又争分夺秒地投入到锅、碗、瓢、盆的交响曲里。给孩子们做了饭后，又有亲朋好友的子女踏门求学，两个小时的辅导结束后，才伏案自学课程，明亮的灯光温暖着屋子，一颗不甘平庸的心在跳动。

漫长的三年，终于熬过来了，我自修汉语言文学专业的考试全部合格，获得了四川师范大学汉语言文学专业专科毕业证书，被凉山州总工会评为“凉山州职工读书自学成才者”。

多年的梦想终于变成了现实，我的脚步又一次踏在人生的画卷上。

在自学的三年里，我的工作年度考核年年都是优秀，并被县委、县政府评为先进教师，同时还光荣地加入了中国共产党，并被提拔为特木里中学教导主任。

自学获得的知识，提高了我的综合能力。我在《凉山教育研究》上连续发表了《上好序言课是上好化学课的一把钥匙》《彝族学生性教育初探》等论文，参加建县40周年演讲比赛获二等奖，所教学生中考上中专的有150余人，并于1998年9月被提拔为特木里中学校长。

2001年1月，我通过公选担任县民政局副局长。在工作岗位的变迁中，我深深感受到原来的知识已经不能满足新工作岗位的要求。于是，2001年3月，我又报名参加省委党校行政管理专业的函授学习，获得本科文凭。毕业后，我依然坚持每天学习，努力工作，学以致用，不断取得新的成绩，获得很多荣誉，尤其在写作和演讲方面取得了突出的成就。

笔耕不辍，成果丰硕

我在《中国民政》《发展之路文集》《凉山教育研究》《凉山民族研究》《校园内外》《凉山经济》等刊物上发表20多篇论文，被《上报国办信息》《川政晨讯》《民族》《凉政信息》《凉政要情》《凉山社会》等刊物采用300多篇政务信息，在《南方人物周刊》《凉山日报》等刊物上发表200多篇散文、通讯、新闻。在《布拖文史》《阿都风情》《火把》《火把神韵，魅力布拖》《凉山民族研究》《诺苏》《凉山日报》等刊物和报纸上发表100多篇反映彝族阿都文化的作品。在彝族人网、彝人古镇、中国民族宗教网、四川新闻网、中国凉山、凉山新闻网、凉山彝州新闻网等网站上发表300多篇作品。

一分耕耘一分收获，殊誉不断

1995年，被布拖县人民政府评为“1993—1995年度先进教师”。

1997年在凉山州职工自学活动中成绩显著，荣获凉山州总工会“职工读书自学成才者”称号。

2000年，被中共四川省委宣传部、省教委评为“四川省中小学德育先进工作者”。

2003年，被凉山州委、州人民政府评为“凉山州民政系统先进工作者”。

2004年，被评为“四川省敬老爱老助老孝亲敬老之星”。

2004年12月，在全国“敬老爱老助老”主题教育活动中被评为“‘葆春杯’孝亲敬老之星”。

2005年，被国家民政部评为“《中国民政》宣传优秀通讯员”。

2005年，被评为“布拖县年度优秀职工”。

2009年，被县委组织部评为“优秀共产党员”。

2011年，在《凉山日报》首届读者节优秀读者评选活动中获“优秀读者三等奖”。

2012年，在第六次全国人口普查工作中，被凉山州人民政府评为“凉山州第六次全国人口普查先进个人”。

2012、2013年单位的年度考核均为“优秀”。

2013年，《加强农村低保复查的建议》被县政协评为“2013年优秀提案”。

2014年5月被评为“凉山州第45期中青班优秀学员”。

加强锻炼，演讲水平不断提升

1995年，在建县四十周年彝语演讲中荣获二等奖。

1998年，荣获九八“文明杯”彝语演讲比赛第一名。

2010年，在布拖县“改陋习 、树新风、建设美好家园”彝汉双语演讲比赛中荣获二等奖，同时被推荐参加州上演讲。

现在，在新的岗位上不断取得新的成绩。我认真组织编辑《阿都风情》，该书被收入布拖县档案馆，为发展阿都文化奠定了良好的基础。我争取并设计创立的日呷村村级文化服务站成为凉山州第一个民族特色村级文化站，吸引了国家、省州民委调研组多次前来参观调研，深受好评，已被国家民委命名为首批“中国少数民族特色村寨”。在全州民宗系统年度考核中，布拖连续几年被评为先进。

原载于《凉山日报》1997年5月28日《布拖文史》（第9辑）

富有传奇色彩的成家历程

——先结婚后恋爱的布拖彝族婚俗

小时候，年幼无知的我经常向父亲要媳妇，父亲为了满足我稚嫩的要求，按门第观念选择了与我家相称的一家为我订下了娃娃亲，之后，我就有了“小媳妇”。

我十六岁那年，按彝族记岁法我的媳妇年至十七，“女至十七必出门”的彝家风俗习惯迫使我们家必须办理婚事。当时，尽管家庭经济十分拮据，但碍于面子，也只好凑合办理了婚事。结婚后，她就正式属于我们家的人了。按照习俗，没有正式成家前，只有在过年过节或农忙季节时才请她上门，一般只在我们家逗留几天，多则九天，少则三天，然而滑稽的是尽管我俩都生活在同一家庭里，朝夕相处，可是相互之间从来没有谈过话，好像是仇人。有时候，会遇到只有我俩在家的情况，但是谁都不愿打破僵局，只是相互沉默无言，局面难堪。有一次恰巧只有我俩在家中，她在烧火做饭，我坐在旁边看书消遣，突然一只鸡被另一只鸡追逐，飞进三锅庄里，喷喷一声，她把鸡救出来之后，还不无风趣地骂了鸡一顿，然后转眼看我，我俩对视一笑，不禁大声笑了起来，笑过之后又保持原来的状态。这样的情景比较多，有时我无可奈何只好逃避，但久而久之便习惯了。

她长得非常美丽，又善于打扮自己，举止端庄，众人都说她容貌俊丽，娶到她是我的福气，因此，我有一种本能的满足。虽然我们之间一直都没有说过话，但随着较长时间的默默相处，我开始对她产生了朦胧的情愫。而且发现她也对我有了好感，至少不讨厌我了，有时眼神中明显地传递着一种火花，我们相互间产生了倾慕之情。后来有一天，终于彻底攻破了防线，过上正常的夫妻生活了。同居过后才开始交谈，尽管交流的话逐渐增多，但相互之间仍然保持一定的距离，不想全抛一片心。

我十八岁(即结婚后的第二年)那年考上了中专，成为拖觉区中心校建校以来第一个考上中专的学生，一时倒也家喻户晓。当时的政策是考上中专就要分配工作的，当上国家干部的命运已成定局，许多有远见的人都劝我退婚，找个有工作的人。然而，她长相漂亮，又不嫌我家贫穷，我心中已有了她，还真舍不得退婚了。我在凉山民族师范校读书期间，只有母亲和弟弟两个人在家务农，农事繁重。农忙季节，只要去请，她还是经常过来帮忙，使我家的农事能如期完成。在我参加工作之前，家庭经济极度贫困，我6岁时父亲就去世了，母亲40余岁守寡，不仅艰难地承担着我的学费、生活费，还要应对各类经济义务，缴纳农业税等国家税收任务，经济十分拮据。一般情况下，儿子结婚后，家里要为其单独修房子，但我们家没有能力修房子，只好临时居住在一个简陋的房屋之中，可她从不嫌穷，从不怨怼。对我母亲更是特别孝敬，点心、肉等好吃的食物总是先拿给我母亲吃，洗母亲的衣服，捉母亲头上的虱子，她这样安分守己，我就更没有勇气谈及退婚之事了。

我在学校读书时，成绩在班上名列前茅，踏实、顺和、善良的天性使女同学都不讨厌我，有位女同学还喜欢上了我，她不知我已婚，对我穷追不舍，我又不好说出事实，只好敬而远之，一直和她保持着纯洁的一般朋友关系，后来她知道真相后，对我佩服至极。

我在读书期间，妻子怀孕了，孩子出生之后她就开始在我家住下来，我们有了一间属于自己的简陋屋子，她和孩子就住在这个房间里。彝族俗话说：“天上飞机先行后响，夫妻之间先恨后爱。”也算久处必生情吧，在相互了解、互相接受中，感情自然得到了升华，我们都为共同的家庭谋划着美好的未来。从此，她一面照顾孩子，一面照料家务，一面做农事，一面喂猪，偶尔把卖猪的钱积攒起来寄给我，收到钱后，我心里感到美滋滋的。一年过后，我毕业了，毕业后被分配到遥远又偏僻的衣某工作。虽然有份工资了，但又开始分居两地，无法相互照顾。我到衣某工作，每学期只回两三次家，她就自己支撑着家务、农事。

后来，我又去读书了。我在教育学院读书期间，工资只够生活费和学费，家里孩子看病、缴纳农业税等一切费用全由她东借西凑地支撑着，同时照顾两个孩子，操劳持家。

从教育学院毕业回来后，组织把我调到县城特木里中学工作，自学第二专科汉语言文学专业的想法根植于我的心里，可家里穷，工资只够我和两个孩子的生活费，没有钱购买自学教材。当初我家分到一笔扶贫资金，尽管当时房子很简陋，还负有债务，可她把这笔钱交给我购买自学教材，进行自学。经过不懈的努力，我顺利地考完了汉语言文学专业专科自考科目，成为布拖县第一个彝族自考毕业生，被评为“凉山州优秀自学成才者”。职务也从教研组长提升到教导主任，校长感慨地说：“事业成功的丈夫背后必定有一个坚强的妻子做后盾。”就是这样，她支撑着我成功。

我们有三个孩子，以前，我带三个孩子在县上读书，她在农村生活，每个周末，我带孩子们回家，经常带点食品回去，又从家中带回洋芋和酸菜，挺有意思的交换。有时，她一年的收入比我的工资还多，回家时总是杀鸡或宰小猪儿招待我们。我们从未吵过架、打过架，相处和睦，日子过得快快乐乐，令人羡慕。如今大儿子已大学毕业参加了工作，两个小的都在大学读书。尽管不富裕，但也感觉很幸福。

孝子之情照亮慈母心

孝敬父母，关爱老人是彝族的传统美德。我做了自己该做的事情，却有幸被评为全国“‘葆春杯’孝亲敬老之星”。我出身在布拖县拖觉镇一个贫困的彝族农民家庭，6岁时，父亲就去世了，我与40多岁的母亲相依为命，在艰难的环境中苦苦挣扎。穷人的孩子早当家，艰苦的环境促使我从小养成自强不息的性格和良好的品质。脑海中时常浮现着母亲含辛茹苦把我拉扯长大的情景，为此，我报答母亲养育之恩的念头从未停止过。1986年7月，我以优异的成绩考上了凉山民族师范学校，成为拖觉中心校办学史上第一个考上中专的学生，受到当地政府和群众的称赞。很多人向我投来羡慕的眼光，也引来了一位已在机关单位工作的姑娘的追求，她表示愿意嫁给我。那一年母亲已经60多岁，作为家庭支柱的她，在经历生活的重重磨难之后，已显得十分苍老，无力再支撑家庭的重担。为了满足母亲的心愿，并且有个人照顾母亲，我断然拒绝了那位已有工作的姑娘的求爱，遵从母亲的意愿毅然同一位农村姑娘按当地习俗结了婚。明知这样的结合会影响今后的幸福指数，但为了能让母亲度过一个相对幸福的晚年，我无怨无悔地选择了这条路。从此，将伺候母亲的重担托付给了那位农村姑娘，我放心地踏上了求学征程。进校以后，为了报答母亲的养育之恩，减轻家里的经济负担，我在学习上更加发奋努力，年年都争取到了奖学金，在生活上，我更加严格地要求自己，总是咬紧牙关克服困难。一方面从有限的国家补助的生活费中节约钱；另一方面将学校给的假期粮票换成钱，每次放假时，我都要用这些钱买些衣物和大米、面粉、糖果带回去给母亲。母亲总舍不得吃，每当有亲戚和客人来时，她总是骄傲而又心疼地说："这些是我儿子买给我的。"每个假期，为了减轻母亲的劳动负担，我总是推辞朋友的邀请，在家里帮母亲洗衣做饭、养猪喂牛、下地耕种、上山打柴。为了不让母亲孤独，我尽量陪在母亲身边，给她讲些在学校的事情，还经常邀请邻里的老人到家中同母亲聊天，使母亲脸上洋溢着安详的笑容。

四年的学习时间转瞬即逝。1990年7月我毕业于凉山民族师范学校，被组织分配到布拖县最偏远的衣某区教书。我原想毕业后好好照顾母亲，却被分在与母亲相隔很远的地方，无法亲自照顾白发苍苍的母亲，心里常常感到内疚和不安。有一次在衣某接到母亲病危的电话，我连夜赶了40多里的山路，从衣某走到布拖县城，再从住在县城的亲戚家借了一辆自行车，摸黑往家中赶，由于路况不好，我摔了两跤，却顾不得这些。黑夜到家时，我们母子俩抱着大哭了一场，然后立即将母亲送到县医院抢救治疗，在医院里我始终守在母亲的病床前，为老人喂药、喂饭、端屎、端尿，好几次累晕在病床前。医生、护士无不为之感动，经常提醒我："阿都老师，你也要注意自己的身体啊！"虽然用尽了多年的积蓄，但通过医生和我的努力终于救回了母亲的生命。

1993年7月，我被调到县城工作，那一年母亲已有70岁了，她嫌自己年老体衰影响了儿子的"形象"，连县城都不想来一趟，然而我还是把她接到县城和自己住在一起，想到母亲在乡下生活多年，一时难以适应城市生活，加之年老体弱，力不从心，所以我常常亲自动手为她梳头、洗脸、洗脚。每次出差时，我一再告诫妻子和孩子别忘了照顾好母亲。想到母亲牙齿不好，就为她选择松软的食物；想到母亲消化功能不好，就给她准备易消化的食物。母亲想吃花生便剥给她吃，母亲啃不了牛羊肉，便给她单独买些猪肉，并煮得软软的，我还经常买来水果、水果糖、饮料等放在母亲床边，供她随时食用。为了让母亲高兴，每次发工资时，我总是把一百元钱兑换成几元、几十元的崭新的人民币送给母亲，告诉母亲这是她应得的养老金。尽管她不愁吃不愁穿，但这样做能使母亲心灵上得到很大慰藉。我对自己的母亲尽孝心的同时，也尽力孝敬岳母。岳父去世后，想到岳母一人独居会倍感孤独寂寞，于是，我以自己母亲孤老无人相伴为由，将自己的岳母也接到城里的家中居住，我一个人的工资供养着6口人，尽管生活艰苦，但一家人关系融洽，十分幸福。我时常教育自己的子女要孝敬老人，在我家，好的东西不是小孩子先吃，而是先让老人吃，大儿子在外面读书回来时总给老人带回礼物，家中形成了尊老敬老的良好氛围。

《天津日报》读者与布拖贫困学子的故事

1997年，《天津日报》记者张俊兰女士千里迢迢来到大凉山，回去后通过报纸做了《凉山纪行》系列报道，介绍了凉山的贫困和儿童入学难的情况，并向读者发出倡议——“向凉山的腹心地带布拖县捐建一所希望小学”。不久，很多读者积极地向布拖县伸出了援助之手，向彝族同胞献爱心，共捐赠17万元人民币建成布拖县亚河村读者希望小学。

1998年9月，张俊兰女士三进凉山，来到布拖县特木里中学，在特木里中学了解到部分学生因家庭困难而即将失学的情况后，她拍下了贫困生的照片，记下了他们的家庭和学习情况。回到天津后，张俊兰女士带着贫困生的这些资料四处奔波并通过报纸向读者呼吁，唤起读者的爱心，一时间国内外许多读者纷纷来信，向特木里中学联系捐助对象，几年来，特木里中学共有五十多名学生受到国内外读者的捐助。

自1997年张俊兰女士来到布拖县的那一天起，彝族同胞的命运就成为善良的读者心中一个解不开的心结，近年来《天津日报》扶贫助学的行动从未停止过，一个个感人至深的故事延续至今。

美籍华人刘立玲的故事

有位美籍华人叫刘立玲，女，已经60多岁了，是20世纪40年代从台湾到美国的知识分子，老家在天津。刘立玲有个表妹叫丛荣萍，天津人，1997年刘立玲回津探亲，在丛荣萍处读到刊载于《天津日报》的《凉山纪行》系列报道（据张俊兰回忆），这位美籍华人当场哭了，回美国之前留下1750元人民币，托张俊兰帮她找两个彝族失学女童，作为助读的费用，这笔钱通过阿力色呷捐助给了布拖的两名贫困生。

1997年11月，正值《天津日报》为捐建希望小学最忙碌的时候，从荣萍到天津日报社，在张俊兰处收集了关于凉山的文字、照片等资料，当天就寄给了大洋彼岸的刘立玲。刘立玲一直保存着那些资料，拿给她周围的华人看，向他们讲述凉山的故事，并且不失时机地募捐。这位年过六旬的老人，在海外漂泊近四十载，对于她而言，凉山原本遥远、陌生得像一个传说，然而是什么使她如此动情地关注祖国西南边陲重重大山里的少数民族？对她来说，只需要确信那里的人们在苦难中挣扎，需要救助，就足以使她毫无保留地献出真心与爱。世上最单纯、最坦荡的莫过于善良的心，如同大地一样无遮无拦。

截至目前，刘立玲和其他美籍华人对凉山布拖县贫困生的捐助已超过六万元人民币，共有二百多名贫困生重返校园，并得到完成九年义务教育的资金保障（主要用于亚河希望小学）。

天津读者从荣萍女士的故事

美籍华人刘立玲是通过从荣萍了解到大凉山的。据张俊兰说，1997年11月从荣萍来到天津日报社编辑部的时候，脸色很憔悴，右颊有明显的手术后痕迹，在凉爽的秋天，她却虚汗不断。她坦然告诉张俊兰自己患有淋巴癌，并且已经动过一次手术。从那一天起，从荣萍这位身患不治之症的女性，直到生命结束，都从未停止过为凉山贫困学生学费的操劳。

1998年8月，张俊兰三进凉山之初，从荣萍嘱咐张俊兰：“你只要看到读不起书的穷孩子，就把照片拍下来交给我。”张俊兰回天津后，把布拖县特木里中学8名特困生的照片和简况交给了从荣萍，不久就得到了回音：“刘立玲将为照片上所有的孩子提供读书期间的全部费用。”为了让这8名学生及时得到学费，丛荣萍与刘立玲在电话里商定，先用家里原打算为先人修墓的钱垫付。1999年1月，张俊兰女士去探望丛荣萍，她告诉张俊兰：“我将住进北京协和医院进行第二次手术。不过，你不要担心，刘立玲已经把8000元学费拨到了我的账户上，该交学费的时候还是由你寄到凉山。到那时，假如我已不在人世了，家里人会替我做好这些事的……”

1999年8月，凉山州布拖县《天津日报》读者希望小学面临学费紧缺的困境。因为原承诺提供学费的部门由于经济滑坡而无力支付，而此时开学的日子已经一天天临近。

区区50元，就能让亚河小学的孩子读完一学期，然而让这里的百姓拿出这笔钱就不那么容易了，他们要卖掉鸡蛋、土豆，甚至卖掉家里的牲畜，才能攒够这笔费用。张俊兰为了让这些学生如期开学，拨通了在京住院的丛荣萍的电话，没等张俊兰的问候，丛荣萍便着急地开口：“美籍华人沈力良有一笔数额为5000美元的奖学金，正打算捐往国内，你尽快拿出一个使用方案，同时提供完整的资料，以确保这笔钱用来帮助凉山的穷苦孩子读书。”还一再叮嘱“时间很紧，请你马上就办，一定要让希望小学的孩子们一开学就用上这笔钱”。

1999年，一封国际快件装着5000美元的支票从大洋彼岸飞往国内，然而，当张俊兰把这笔钱送到凉山时，丛荣萍已经长眠在另一个世界了。1999年11月11日凌晨，丛大姐在北京溘然长逝。

无私的爱没有边界——退休老工人肖玉英的故事

肖玉英，已经64岁，家住广东汕头经济特区。她于1998年在北京《慈善》杂志上看到了张俊兰的《凉山纪行》中有关布拖贫困生的情况后，直接给我写信了解情况。她用自己微薄的退休金资助了十名布拖贫困生。直到今天，每当新学年开始，肖玉英总把攒了一年的5000多元寄往布拖县特木里中学。作为校长的我时常打电话致谢，遗憾的是我说的普通话彝音很浓，肖玉英说的普通话广东味很浓，我们彼此很难听懂对方的话，于是就写信。虽然语言不通，相距遥远，但肖妈妈的心却总是惦记着布拖的穷苦孩子。她写信向我索要关于布拖的文字和照片，逢人就讲凉山的彝族，动员亲戚和朋友向凉山伸出援助之手。于是，从汕头寄往布拖县特木里中学的款项就不断地增加。至今肖妈妈和汕头人寄往布拖的捐助款已达三万多元，受捐助的贫困生已达30多人。

金老师与扭有科的故事

布拖县特木里中学有名学生叫扭有科，家住布拖县沙洛乡沙洛村，地处高寒山区。扭有科10岁那年，父亲因无钱治病去世，给父亲办完丧事，家里欠了一大笔债，母亲拉扯着扭有科和他哥哥艰难生活，常常连土豆都吃不饱。扭有科从小就是个热爱读书的孩子，成绩总是全班第一，小学毕业那年，他以较好的成绩考入了布拖县特木里中学。

学校距家乡有18公里，扭有科必须住校读书，每学期的学费是250元，再加上生活费，这对扭有科一家来说无疑是个天文数字。开学之初，母亲卖掉了家里唯一值钱的东西——一头耕牛，卖了800元，她把这笔钱一分不剩地交给学校，说等这笔钱用完，家里就再也没有别的办法了。

1998年7月，母亲给的800元用完了，扭有科因交不起学费辍学了。金老师通过《天津日报》了解到扭有科的情况，主动承担起这个素不相识的彝族孩子读书期间的全部费用，每学期开始之前，金老师的汇款和装满文具的邮件都会如期而至，值得一提的是金老师把生平领到的第一份工资捐给了扭有科。

这位年轻并有着美丽心灵的女教师改写了一个彝族孩子的命运。继金老师帮助扭有科完成初中学业后，上海慈善总会继续承担着他读中等师范专业学校的费用。

温丽君与火洛觉小学的故事

温丽君，家住河北省石家庄市，从事文具经营。今年九月，她在北京《慈善》杂志上看到有关布拖贫困生的情况后，对他们深表同情，表示愿意捐助二十名贫困生读书，并为火洛觉小学寄来了一百个书包及钢笔、圆珠笔、铅笔、蜡笔、文具盒、尺子、橡皮擦等文具及衣物。

孔强娟为贫困生捐学费又送药品

孔强娟，上海市人，今年九月，她通过我联系捐助一名布拖学生，从寄去的学生简况中得知该生母亲身体不好之后，她给该生寄来了三百元学费，又为其母亲送来了药品，该生全家对此感激不尽。

一个又一个的国内外的善良读者向布拖伸出援助之手，送来了温暖，圆了许多贫困生的读书梦。他们所做的一切，将永存于布拖教育发展的历史上。

注：以上资料来自张俊兰与我的书信往来中。

原载于《布拖文史》（第5辑）

布拖县特木里中学发展始末

布拖县特木里中学，简称“特中”。它的名称和实际情况很相符，是一所特别的中学。特中是1992年7月经州人民政府批准建立的一所一、二类体制并存的初级中学。开设用全彝文编译的语文、数学、物理、化学、政治、生物、地理、历史教材教学的同时，兼有汉语语文、英语及音、体、美的一类体制和以汉文教材为主同时兼上彝语文的二类体制。两种体制的设置，使特中成为双语教学的示范基地。

特木里中学建校9年，培养中师、中专生160多名，为布拖教育事业做出了突出贡献。1998年、1999年初中毕业升学率居全县第一名，深受社会各界好评。

特中建校时间短，办学条件差，原属布拖县特木里小学戴帽初中部。当时的特木里小学初中部，几乎独立于特木里小学而存在。由于种种原因，校园环境破烂不堪，围墙残缺不齐，校舍简陋，教师宿舍和教室不能实现其基本功能。当时教室、学生寝室没有钢筋、玻璃，墙壁千疮百孔，几乎屋外有多大的风屋内就有多大的风，冬天，校长组织老师们用报纸糊上窗子以挡风避寒。校门破烂不堪。

生源有限，学生基础较差，具有校址在县城的农村中学特点。一类体制学生的招生限于石咀和马洛两所小学，但因实行的时间较短，人们对它的认识还不够深入，导致入学率较低，给特中的招生带来很大的压力，造成招生时小学毕业了多少学生便收进来多少学生的状况。收来的学生受家庭贫困等各种因素的影响而无法继续升学，因此一类体制的学生一年比一年少。

二类体制的招生对象是布拖中学录取后剩下的特小毕业生及布拖片区乡级小学的毕业生。（实际上后者占的比例较大）大多是为了混一张初中毕业证书而就读的学生。进入初中后，这些学生抱着仅仅为混张毕业证的态度，目标不明确，学习跟不上，经常旷课，自由散漫，打架斗殴。一些学生根本不把老师放在眼里，举止行为无法无天，偷盗的事也时有发生。学生寝室成为社会上无家可归的流浪汉借宿之地，不三不四的流氓经常骚扰女生寝室，跟生活管理老师发生摩擦，造成学生不安心学、老师不安心教的局面。

这两种体制的生源，导致特中学生的知识基础极差，严重影响教学质量的提高。

一类体制师资严重缺乏。第一个一类体制班由县文教局的阿措色子和乃古尔聪承担一切科目，后来县文教局组织一批既懂数理化又精彝文的青年教师到州教委接受培训，相继被调入特中，壮大了一类体制的师资队伍。

建校时，并没有因为成立一所新的学校而改善办学条件。实际上，以上一系列的情况都是换汤不换药地由戴帽初中部带进刚建立的特中。

面对艰难的处境，特中首任领导班子曾一度感到矛盾与担忧，但并不为此而意志消沉。他们肩负着历史的重任，任重而道远。他们深信“只要不断与自然界相撞击，必然还会发出灿烂的火花”的道理。因而立下了伟大的誓言——为特中的美好未来而坚定不移地奋斗。

特中历届班子毫不动摇，针对存在的一系列问题进行了各方面的整顿和改革，加强学校内部管理，建立健全各种管理制度，狠抓落实，使校风校貌有了根本转变，教育教学质量有了较大提高，终于在1998年的升学考试中以升学率50.2%的成绩名列全县第一。1998年9月，学校新一届领导在上届工作基础上，将激励机制引入学校管理中，使教育教学管理走向正轨，教育教学质量有了进一步提高，1999年的升学率再上了一个新的台阶，以67%的升学率名列全县之首。

建校初，学校只有3个班，学生不到100名，到1999年学校发展到拥有8个班，230多名学生，教职工有38名，大专以上学历的有24名。

学校确立了科学的办学指导思想：坚决贯彻党的教育方针，坚持“教育要面向现代化、面向世界、面向未来”，实行双语教学，培养少数民族地区实用人才。提出了“育人是根本、德育是首位、教学是中心，管理是保证”的办学思想，努力推动学校工作向前发展。

学校切实加强领导班子自身建设，树立良好的领导形象。领导班子成员既分工又合作，团结奋斗，民主管理，工作中领导成员主动深入教学第一线，以较好的教学成绩取得老师们的信服，树立了“勤政廉洁，实干苦干，身先士卒，勇挑重担”的领导形象，为师生们做出了表率，为各项工作的开展奠定了基础，学校成立了以党支部书记为组长，校长、教导主任、团支部书记、各班班主任为成员的德育工作领导小组，加强师生员工的政治思想教育。在教职工方面，他们利用每周一次的政治学习时间，组织教师学习邓小平教育理论，让教师自觉坚持社会主义办学方向，全面贯彻党的教育方针，遵循教育规律，尽职尽责，教书育人，同时，认真组织教师学习《教育法》《教师法》《中学教师职业道德规范》《未成年人保护法》等有关法律法规，加强了广大教师的师德修养。在学生的思想教育上，学校通过定期的全校师生大会、班会、课间操、团队活动，对学生进行爱国主义教育、常规教育、法纪教育和禁毒教育。引导学生树立正确的人生观、世界观、价值观，培养学生养成良好的行为习惯和思想道德品质。并通过看电影、参观展览、听讲座等形式，对学生进行革命传统和优良品德教育。

为了严格规范学校的管理工作，提高办学质量，培养出训练有素、德才兼备的学生，学校明确规定校长、副校长、教导主任、团支部书记、总务主任、教研组长及值周教师工作职责，成立了德育领导小组、教学科研小组、卫生体育小组等常规领导小组。配套制定了《教职工考勤细则》《工作责任奖惩制度》，形成了健全完整的管理体系。

在对学生的管理中，学校按照《中学生守则》和《中学生日常行为规范》的要求，制定《特木里中学学生管理制度》，采取班主任承包管理的措施，以扣操行分的方法，加强学生的组织纪律性，同时通过期末表彰前5名的制度，调动学生的学习积极性。在禁毒教育中，学校采取“嫌疑一人开除一人”的强硬措施，净化了校园，保证了学生的身心健康。

为了给贫困生创造接受教育的机会，学校多方联系，不断争取外来捐助资金，自1998年以来，在《天津日报》记者张俊兰的帮助下，特中收到了许多省外读者的爱心捐助，60多名孤儿和女生中的贫困生得到捐助，贫困生在校园内感到无比的温暖和幸福。

学校注重对住校生的管理。力求让家长放心。除了生活管理老师专职负责住校生的课外管理外，学校还成立了由总务主任、教导主任、团支部书记组成的生活管理领导小组。该小组每天都分批夜查学生寝室，严格执行寝室考勤，严禁学生外出或外来人员借宿。同时组织学生做早操，增强学生体质，培养他们坚强的意志。

值得一提的是，特中针对彝族学生的特点，注重青春期教育，引导他们健康成长。彝族学生随着性意识的苏醒，便自然沿袭着历史上继承下来的关于两性关系的一些腐朽的传统意识、不良风俗和思维习惯，特别是彝族民间生活中约定俗成的习俗，最容易被处在青春期又没有多少知识的彝族少男少女所接受。为此，该校采取“加强思想教育，严格组织纪律”“开设第二课堂，设置女生专门课”等措施加强对学生的青春期教育，并取得明显成效。

在教师业务方面，学校重视教研活动。教研小组采取混合教研并举的方式举行教学观摩和优质课评比；通过“一帮一”的方式，形成共同学习、取长补短的良好风气。在1998年的凉山州青年教师优质课比赛中，特中参赛的化学教师获比赛一等奖，物理和数学教师分别获得三等奖。

学校还积极组织教师参加有益的社会活动，丰富他们的课余生活，给教师们提供了发挥个人特长的机会，也为学校争得了很多荣誉。学校组织教师参加了全县职工篮球比赛，在1998年和1999年连续获得冠军。并在全县“依法治税”和“文明杯”两次演讲比赛中获组织奖。学校老师踊跃参赛，在两次演讲中分别夺得一、二、三等奖。老师们在参加团县委组织的文艺演出中又获二、三等奖的好成绩。

困扰多年的教师住房问题，终于在上级部门的关心和支持下得到了解决。县文教局拔专款为学校购买了原布拖建行家属院，解决了16位教师的住房问题，为他们创造了舒适的工作环境，大家的劲头更足了。一分耕耘一分收获，特木里中学在新的起跑线上不断做出新的成绩。1998年评为“县级安全文明单位”，1998、1999年被县上评为“报刊发行先进单位”，1998年评为“县级卫生先进集体”，1999年评为“州级卫生先进单位”。

为了整合教育资源，2001年9月，布拖县人民政府将特木里中学合并到布拖中学。

现在，特木里中学的大部分教师都走上了党政领导岗位，该校培养输送到大中专院校的学生毕业后走上工作岗位的，遍及布拖各行各业，在建设布拖中发挥了积极作用。

原载于《布拖文史》（第9辑）

游记两篇

第一次坐飞机的感受

1999年6月5日，我终于坐上了飞机，实现了我多年的梦想。在飞机上俯瞰，漫漫的云彩千姿百态、变化多端，千奇百怪，令人遐想无限。那层层的高山，绿色的大地，银色的江河，密集的村庄都显得太小又太美了。飞越高山大海，飞越山川大地，才感觉到自己是多么渺小。在飞机上吃饭、喝饮料，倍感风味独特。

一到曼谷机场，便有泰国姑娘献花，并同我们合影留念。离开机场，沿途欣赏曼谷市区的街景。在旅行车上，导游用风趣幽默的语言介绍了泰国的国情、国家制度和地方风情，让我们增长了见识。今天，走在东南亚最大的飞机场——曼谷机场，我开阔了眼界。今天，用上泰铢，住上了外国宾馆，吃上了外国美食，就在这异国他乡，我感受到了异国风情……

6月6日，今天正式在泰国旅游，早上8点起床吃早餐，早餐是自助餐，品种多样，十分丰盛。之后，游览皇宫，皇宫金碧辉煌、富丽堂皇。全用柚木建成的皇宫，是泰国历代皇帝居住的地方，导游向我们介绍了泰国帝王史及其家世，有许多神奇的故事，让人感到惊异。下午乘坐潜艇游览著名的湄南河水上市场，参观水上人家的生活，领略浓郁的泰国水上风情。在湄南河上漂游，河中鱼儿成为一道亮丽的风景，鱼儿似乎与人灵性相通，令人遐想无限。

沿途游览郑王朝，参观金碧辉煌的第四王朝大皇宫、泰国第一国宝万佛寺及早期五世皇旧居——五世皇行宫，我对泰国的历史有了更多的了解。

不知不觉来到世界上最大的北极鳄鱼养殖场，里面有许多大小不一的鳄鱼馆，在园中观看了人鳄搏斗的精彩表演，欣赏了惊心动魄的人鳄大战。人抱着鳄鱼，将手伸进鳄鱼的口中；时而从鳄鱼嘴中取钱；或骑在鳄鱼背上，或伸出舌头亲鳄鱼的嘴，真是奇妙。见到凶恶的动物被人驾驭的情景，我感受到人与动物灵性相通的气息。

6月7日，游览有“东方夏威夷”之称的海滨圣地芭提雅，在芭提雅欣赏奇妙的人体艺术表演，我沉醉在多姿多彩的人体艺术表演之中。

6月8日，乘快艇前往珊瑚岛，观看了多彩的水上活动，有水上降落伞、水上摩托车、香蕉船等。在东芭乐园，参观了兰花园泰国民族文化表演及妙趣横生的大象表演，我坐在大象的鼻子上，被它托上半空中，紧张却也回味无穷。当天晚上，我们来到世界著名的人妖剧场观赏人妖表演，看了人妖表演后，对人妖的悲惨命运感到十分同情。

晚上逛街，我们遇到两位当地的华人，坐他们的车子在街上观赏夜城，同是华人，所以交谈起来倍感亲切。

6月10日，游览金佛寺，向佛王烧香拜福，以求消灾、避祸、保平安，也算入乡随俗吧。据说佛王死后其尸身仍然继续长头发及指甲，每年国王都要去修剪，将其制成佛牌，价格很贵。

6月11日，参观泰国国立毒蛇研究中心。观赏世界上最毒的金刚眼镜蛇，观看人蛇表演，我又一次感受到人类和动物的灵性相通。下午坐飞机返回昆明，结束了愉快的泰国之旅。

华东五市游记

2010年10月23日，我随凉山州民族宗教系统第二批华东考察团赴华东五市考察学习，实现了“到江南走走，去上海看看”的愿望。

10月23日，乘火车从西昌出发往成都，24日早上到达成都火车北站，被旅行社送往成都双流机场，11时20分，坐飞机飞往南京，13时30分抵达南京禄口机场，前往总统府，参观了中华民国临时大总统孙中山先生的生活和工作环境；欣赏了近代中国建筑遗产、珍贵的文物和史料；欣赏了总统府内优美的自然环境；参观了蒋介石南京政府的办公场所，欣赏了一代领袖孙中山先生亲笔题词的“天下为公”的牌匾。入夜参观了夫子庙一条街，夫子庙保留了古代的建筑风格，古色古香，文人墨客留下的古文佳作还保存完好，古代文明在这条街上得到了充分的再现。还领会到了浓郁的秦淮风情，感受到了古代生活、古典文化、历史传说。

10月25日参观南京中山陵，中山陵修得很宏伟，有392层石梯，站在石梯上，百感交集，对孙先生的敬仰之情油然而生。

下午来到了著名的风景名胜——杭州西湖。欣赏了三潭印月、平湖秋月、断桥残雪等西湖美景。漫步苏堤，欣赏了红鱼池、苏东坡纪念馆、雷峰塔。西湖的故事很多，有白娘子传奇、雷峰塔、断桥、西施的故事等。西湖四面环山，水天一色，风景优美，有数不尽的传说、听不完的故事，古代文明和现代文明得到了完美的融合，人与自然风光非常和谐。到了宋城，感受到“给我一天，还你千年”的宋城千年情，欣赏了跨越千年的宋朝文化，一场戏剧表演将千年前的宋文化演绎得淋漓尽致，让人大开眼界。走过鬼城，走进鬼屋，真正感受到什么是“担惊受怕”。

26日前往上海，途中经过茅盾先生的故乡——乌镇，感受到诗情画意的水乡风光，欣赏了茅盾先生的书法、作品，对中国文坛著名作家茅盾先生有了更深一步的了解。不知不觉来到上海，实现了我的梦想。走在繁华的街道上，感到心旷神怡；登上代表中国现代建筑的八十八层金茂大厦观光台，我感到十分自豪。观看上海城全景，千万幢高楼大厦如茂密的森林，表现了中国的崛起、中国的腾飞，中国人是不可战胜的。看到中国在日本101层高楼旁修建的126层高楼时，我也有点自豪了。夜晚乘船观赏黄浦江两岸灯火辉煌的夜景，我感到如痴如醉。游船在江上行，灯光在江面上闪烁，东方明珠的灯火在变幻中显得十分灿烂，城市倒影在黄浦江中，灯光在波浪里闪闪发光，灯在水中，船在江中，城在水中，光与水得到了最完美的结合，人与自然得到高度的融合。迷人的夜晚，醉了我的心。我为自己能来到期盼已久的大上海而自豪。

27日参观了举世瞩目的中国上海世博会，参观了几个国家的展馆，每个国家都展出了最具特色的历史文化、特色产品、科技成果，向世界展示了自己国家的实力。我们在有限的时间里，领略异国风情，其乐融融。在中国馆看到了游动的清明上河图，看到了太阳能汽车、电瓶车等，身为中国人，我感到很骄傲。很想用一天的时间参观所有国家的展馆，但力不从心，在自己的国土上领略到了异国的风土人情、历史文化，感觉受益匪浅。

从上海返回的途中，我们参观了著名的苏州园林、寒山寺。第二天从苏州前往无锡，在无锡乘船游览太湖、三国影视城，在中央电视台无锡影视基地欣赏了三国演义片段的演出，十分真切，第一次近距离接触拍电影的场景。华东五市之旅是我盼望已久的旅行，在四十岁时到了中国甚至世界最著名的年轻城市——上海，不仅开阔了视野，增长了见识，更增强了民族自尊心和自豪感。

我终于观赏到了江南风光，真正体验和领会了白居易《忆江南》这首佳作所描绘的风景，也从更深的层面理解了“日出江花红胜火，春来江水绿如蓝”的意境。

2010年11月2日

第四部分　彝文文学（彝文）

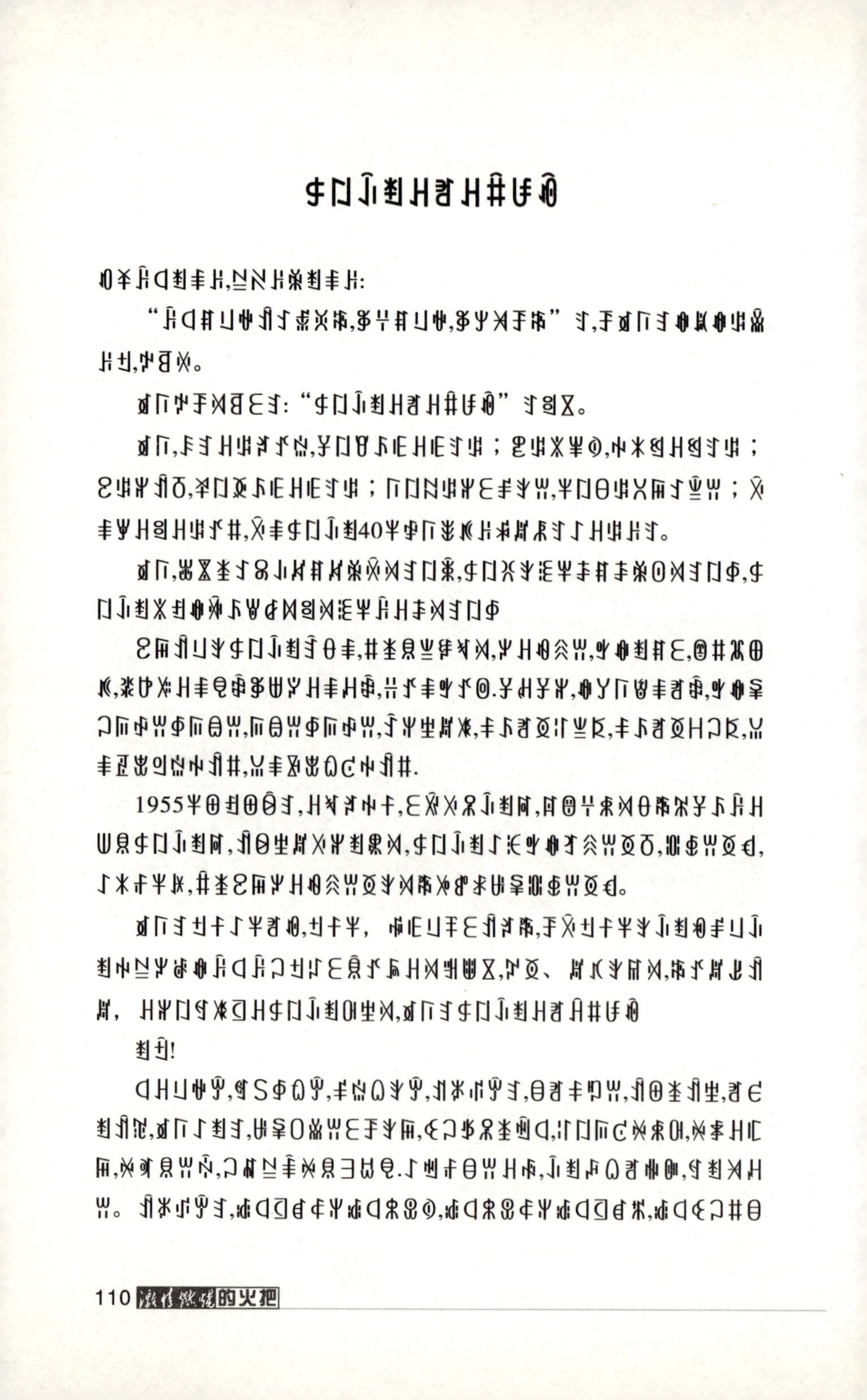

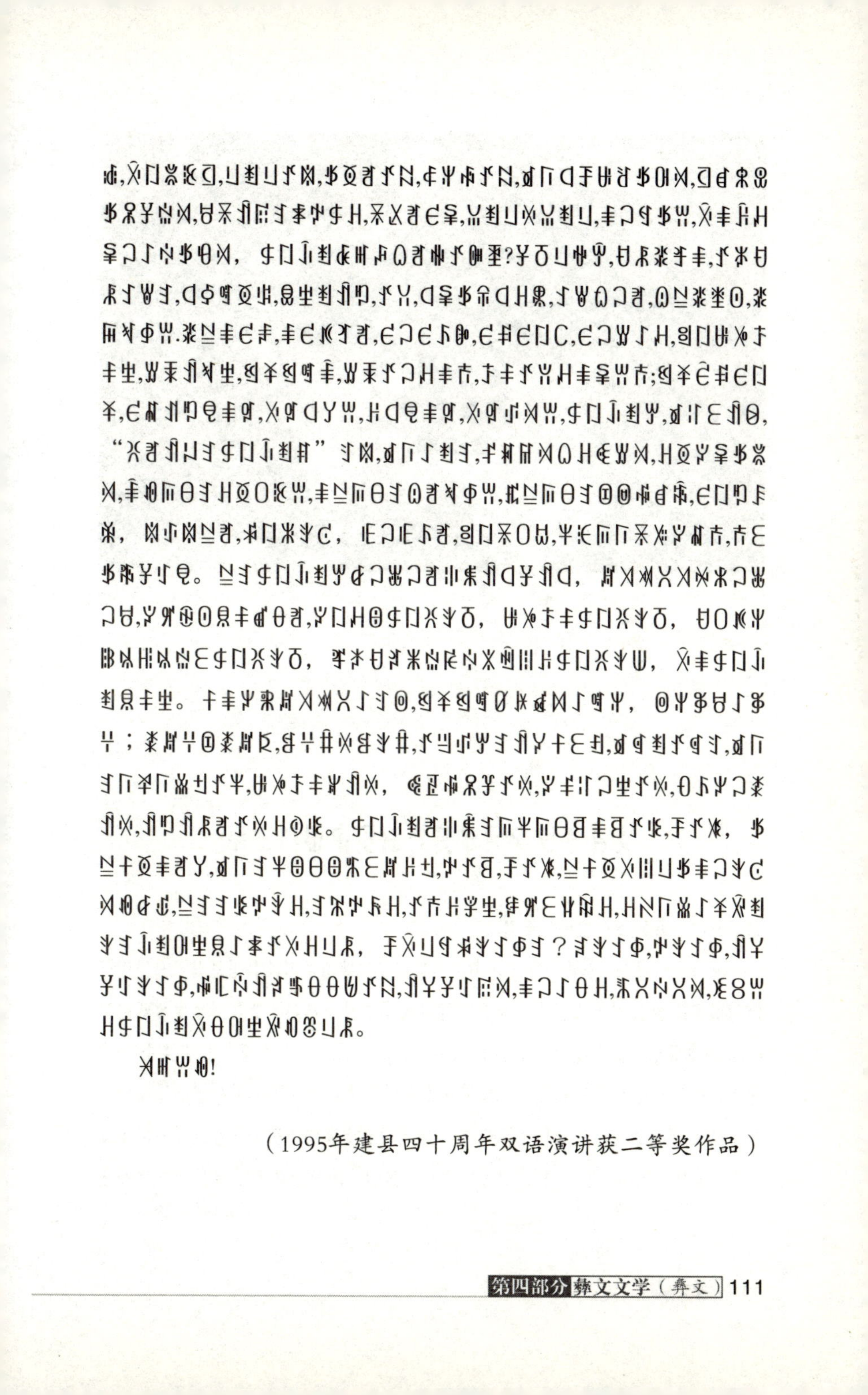

[illegible]

[illegible]

（1995年建县四十周年双语演讲获二等奖作品）

[illegible]

[illegible]

[illegible]
[illegible]
[illegible]
[illegible]
[illegible]
[illegible]

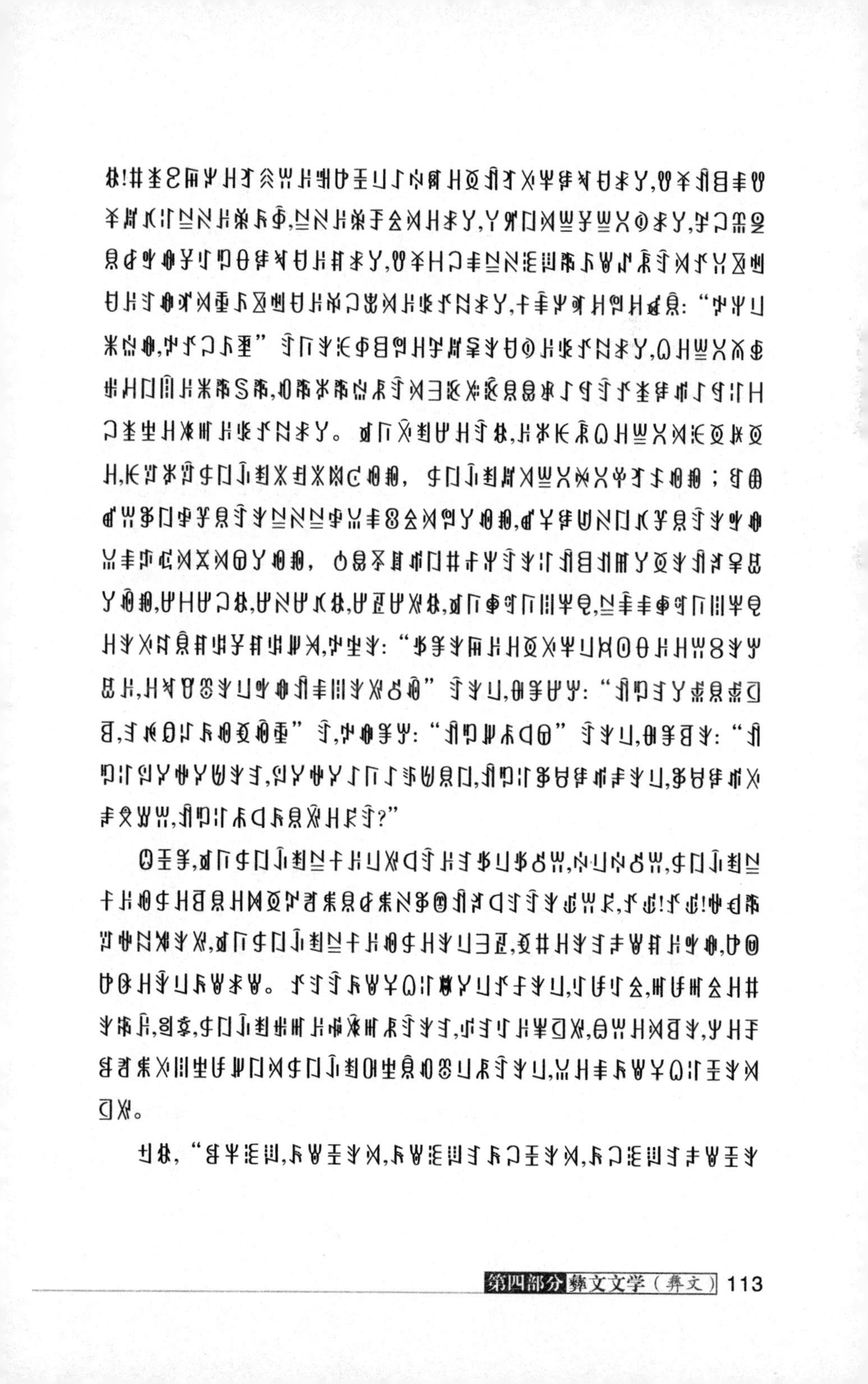

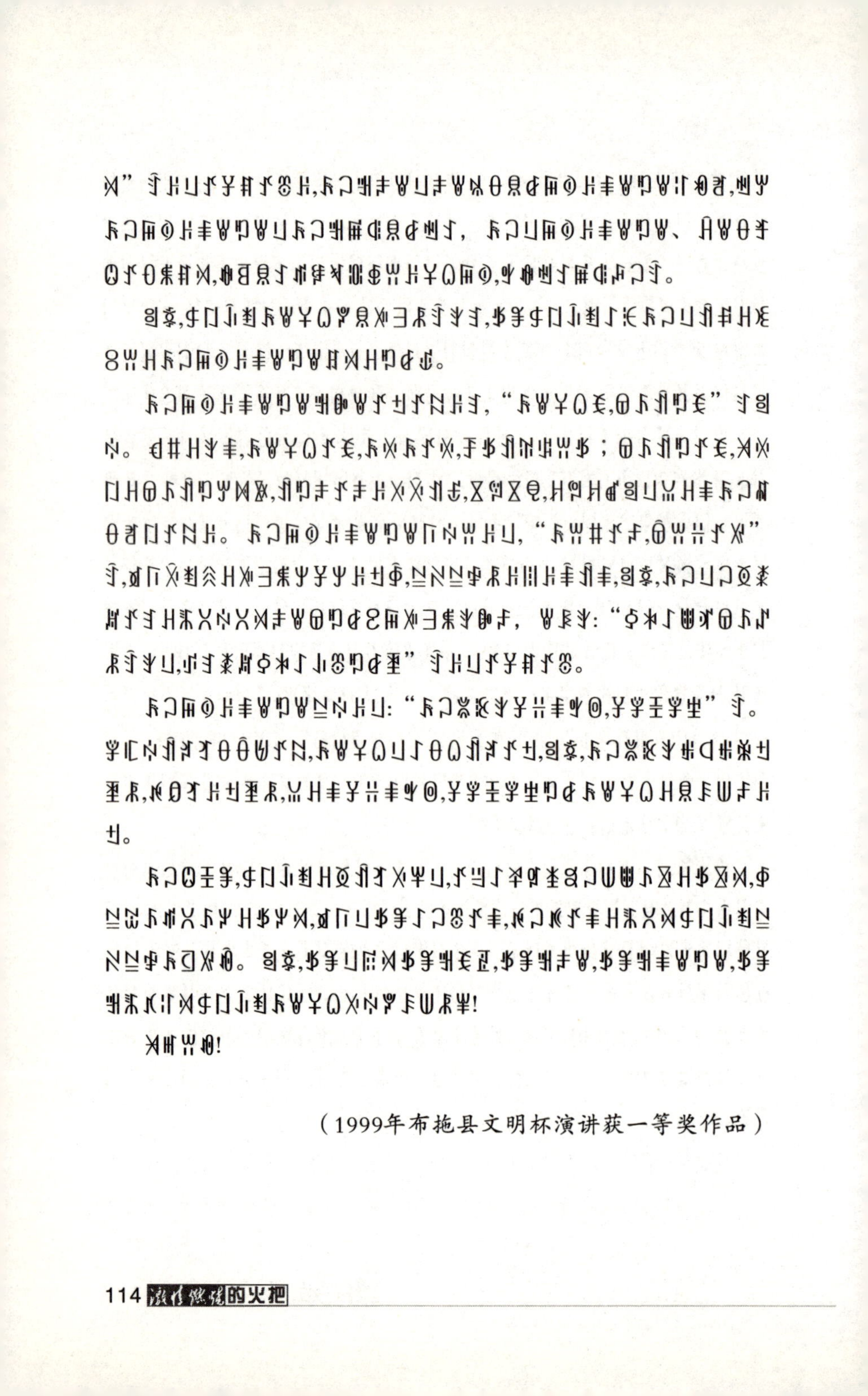

[illegible]

[illegible]

[illegible]

[illegible]

[illegible]

[illegible]

（1999年布拖县文明杯演讲获一等奖作品）

[illegible]

[illegible]:

[illegible]“[illegible]”[illegible]。

1955[illegible]

[illegible]

[illegible]

[illegible]

[illegible]

[illegible]

[illegible]

[illegible]

[illegible]

[illegible]

[illegible]

[illegible]

[illegible]

[illegible]

（布拖县彝区健康文明新生活运动演讲获二等奖作品）

[illegible]

[illegible]

[illegible]

[illegible]

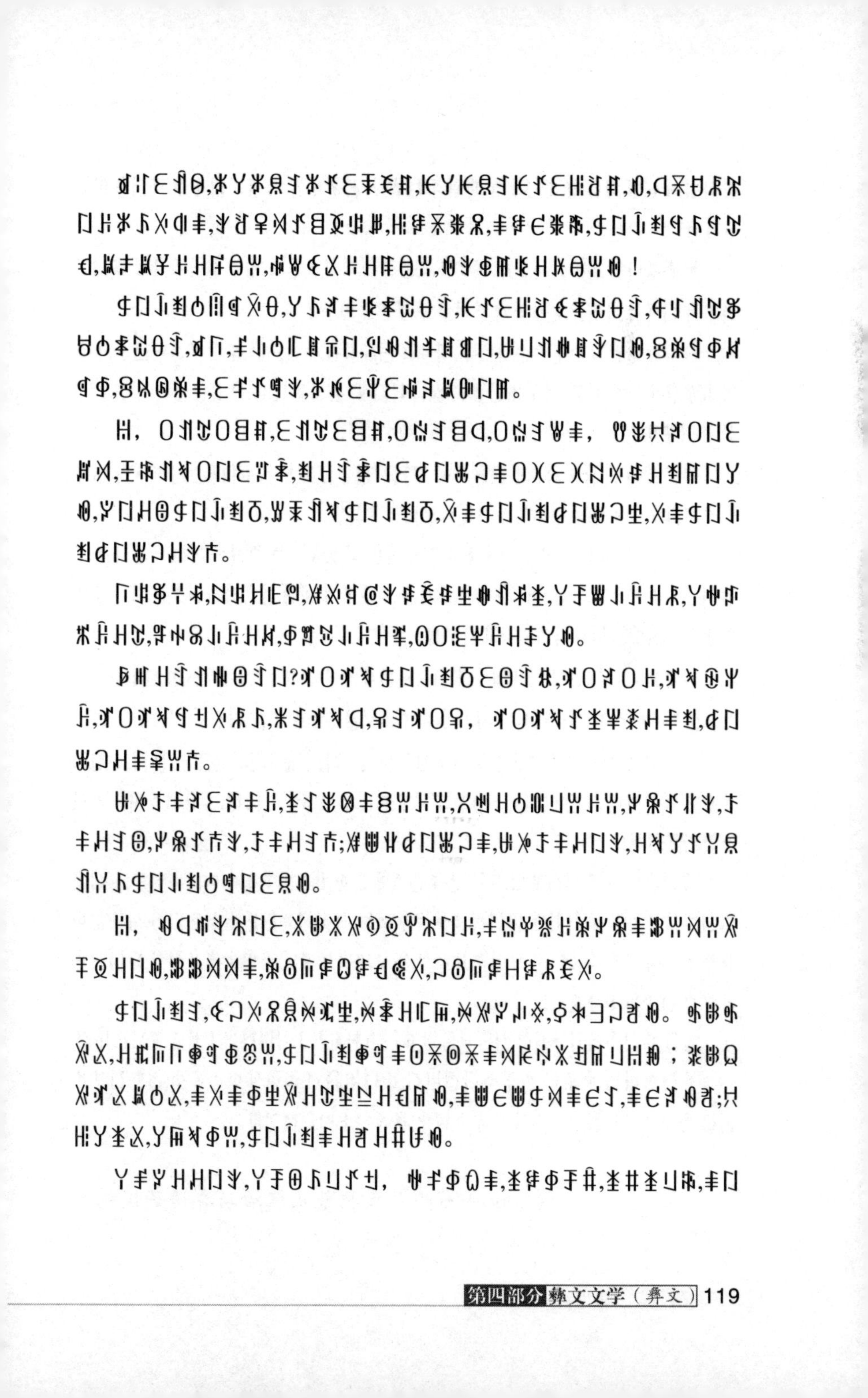

[illegible]

[illegible]

[illegible]

[illegible]

[illegible]

[illegible]

[illegible]

[illegible]

[illegible]

[illegible]

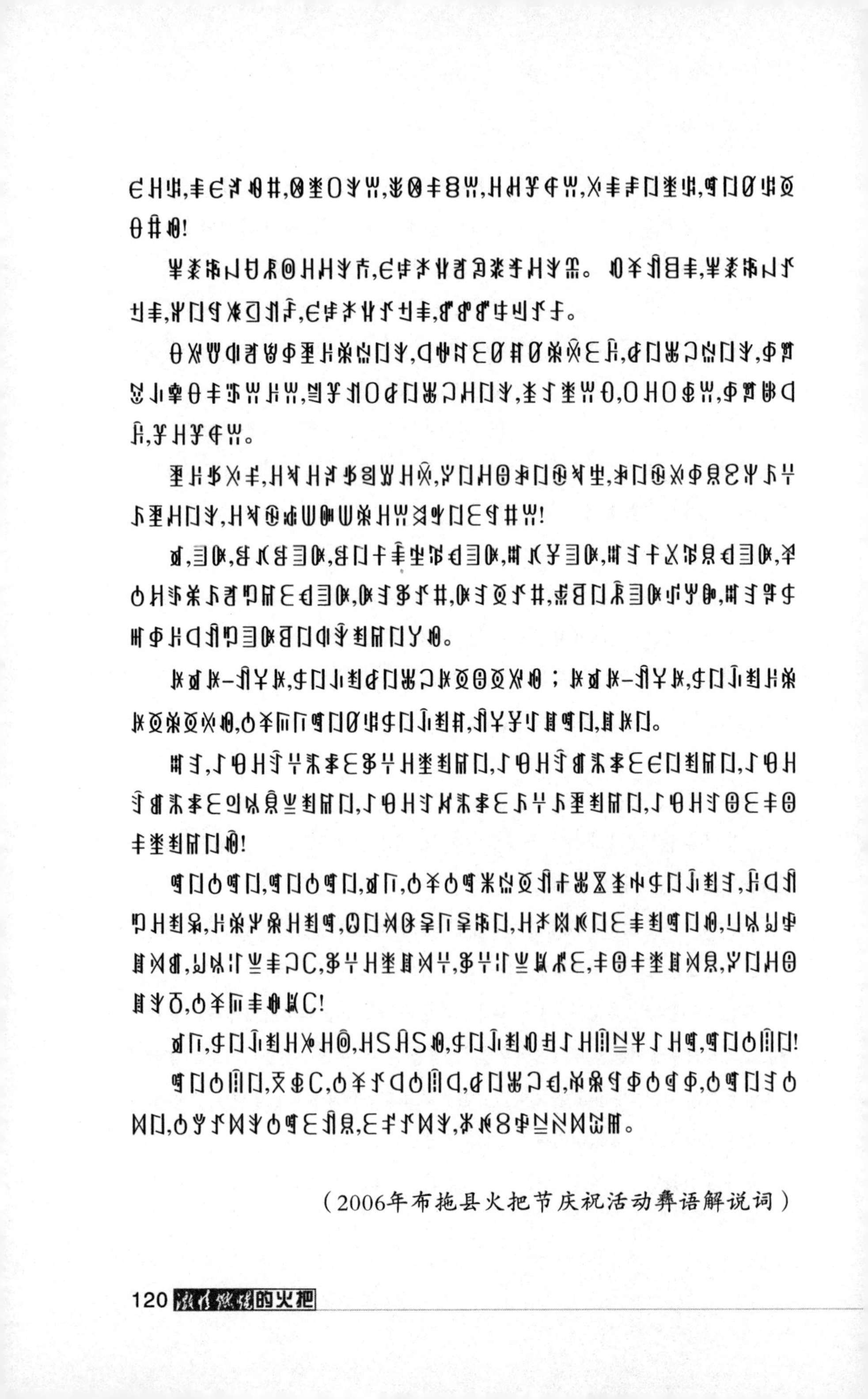

[illegible]

[illegible]

[illegible]

[illegible]

[illegible]

[illegible]

[illegible]

[illegible]

[illegible]

[illegible]

（2006年布拖县火把节庆祝活动彝语解说词）

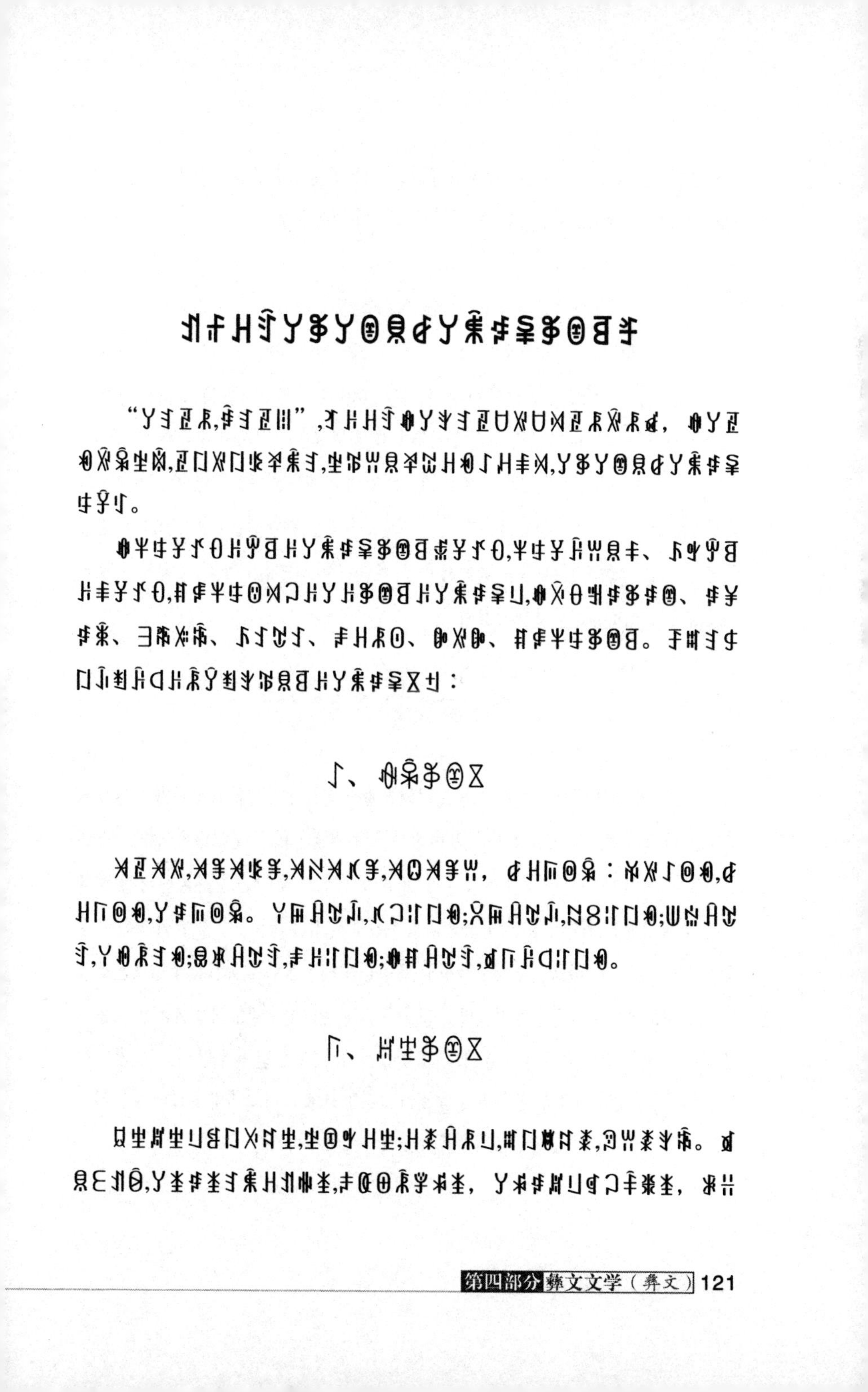

[illegible]

“[illegible]”[illegible]

[illegible]

[illegible]、[illegible]

[illegible]

[illegible]、[illegible]

[illegible]

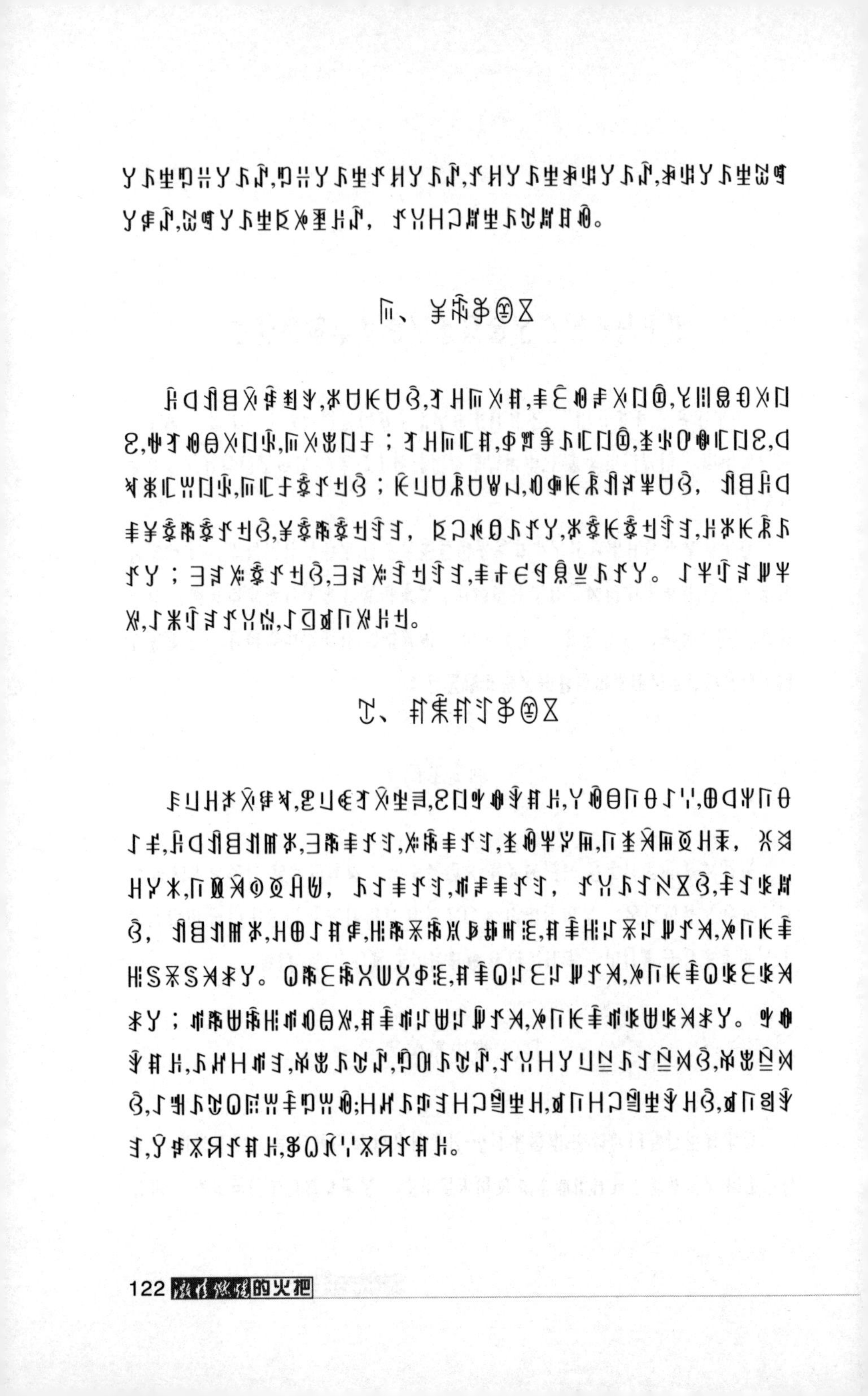

[illegible]

[illegible]

[illegible]

[illegible]

[illegible]

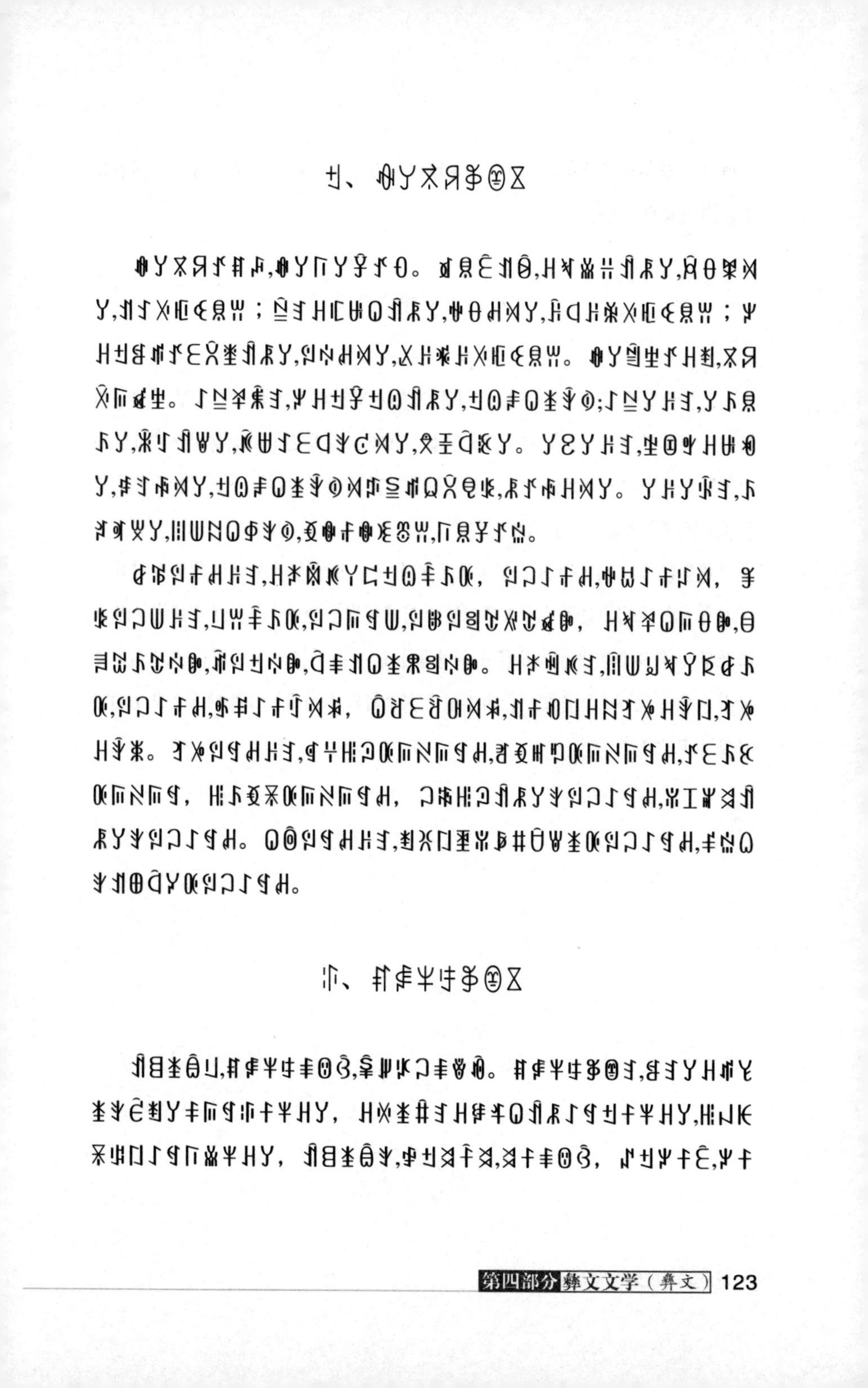

[illegible]

[illegible]

[illegible]

[illegible]

[illegible]

[illegible]。

[illegible]、[illegible]

[illegible]。

[illegible]。

[illegible]

[illegible]

[illegible]

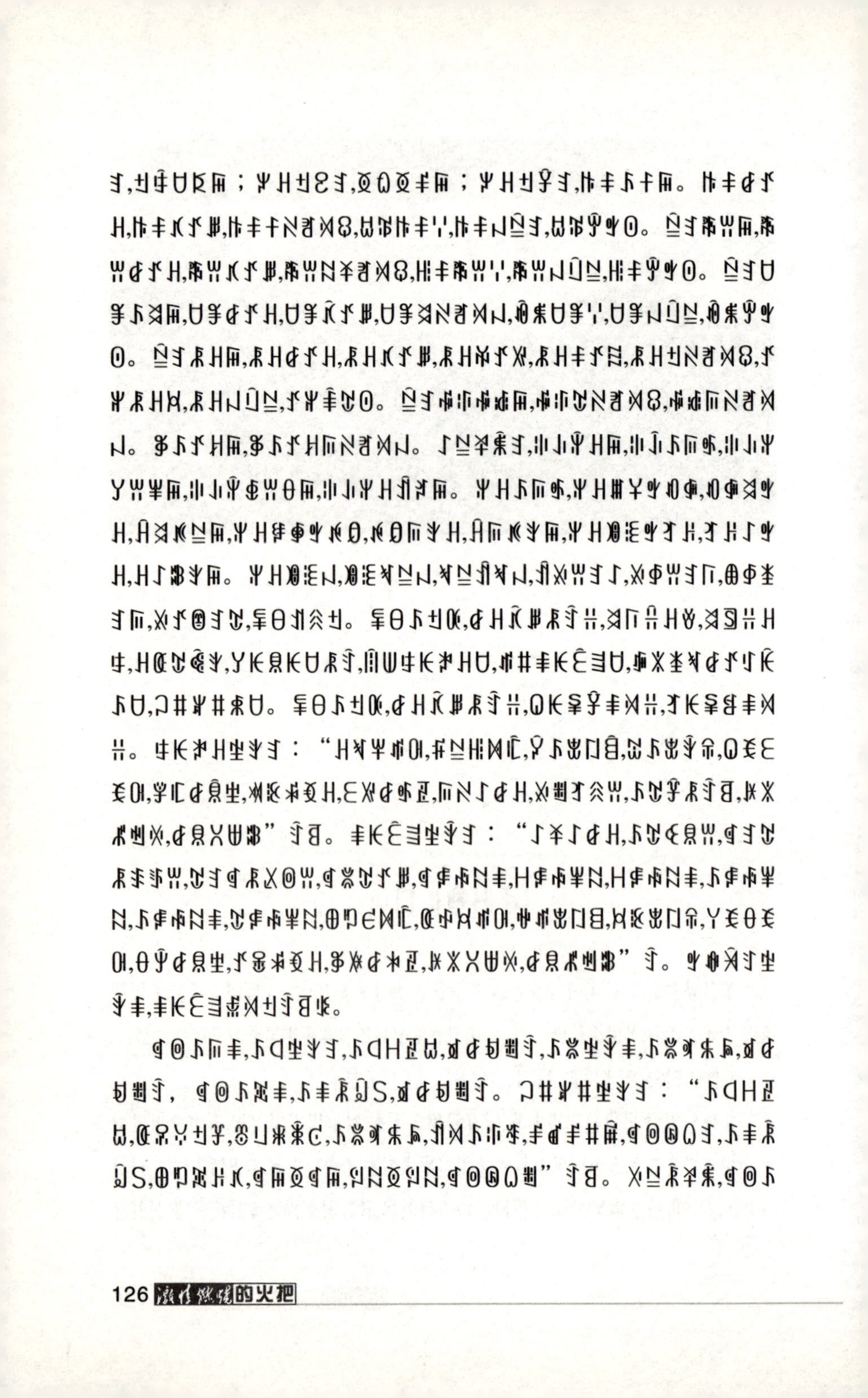

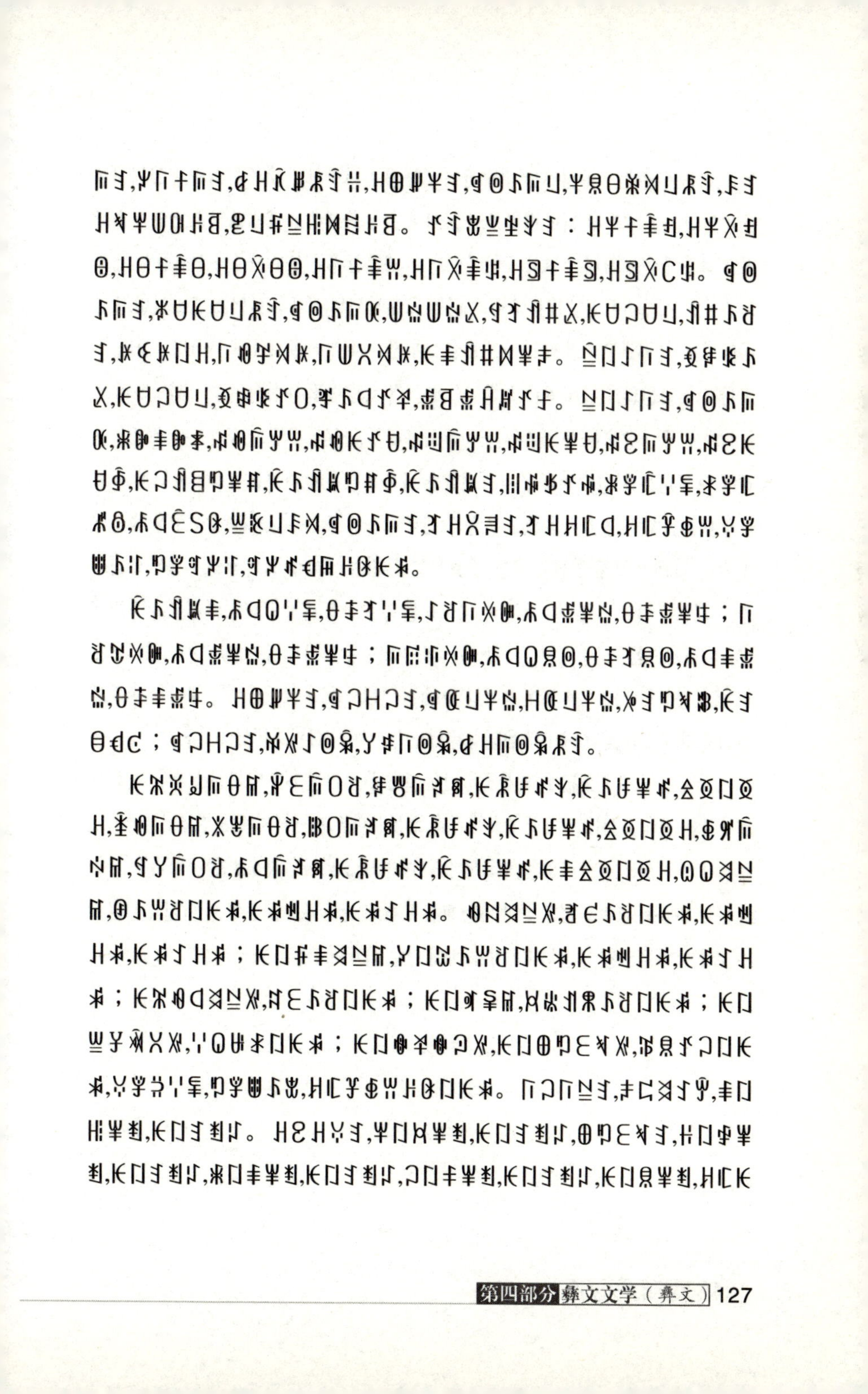

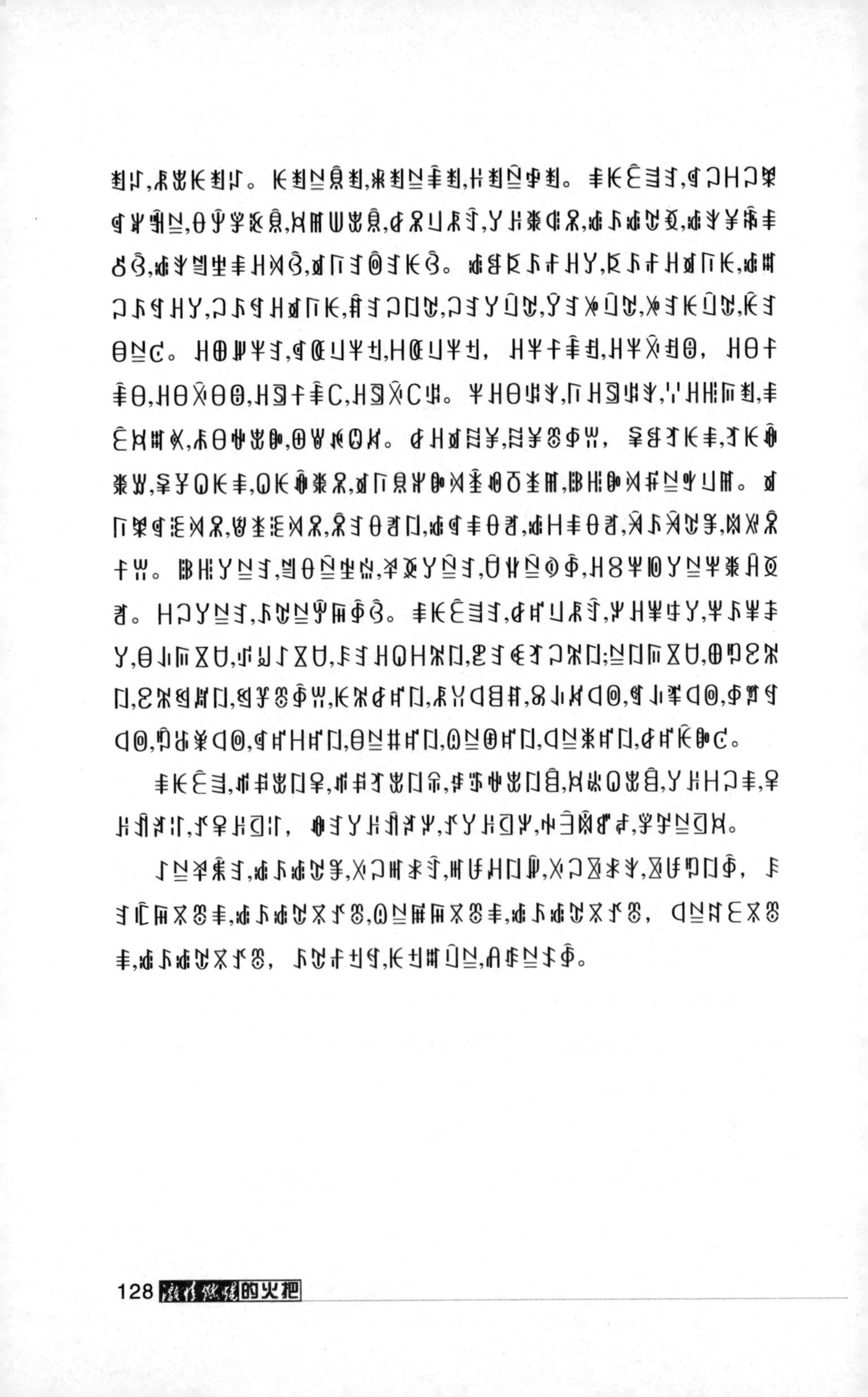

[illegible]

[illegible]

[illegible]

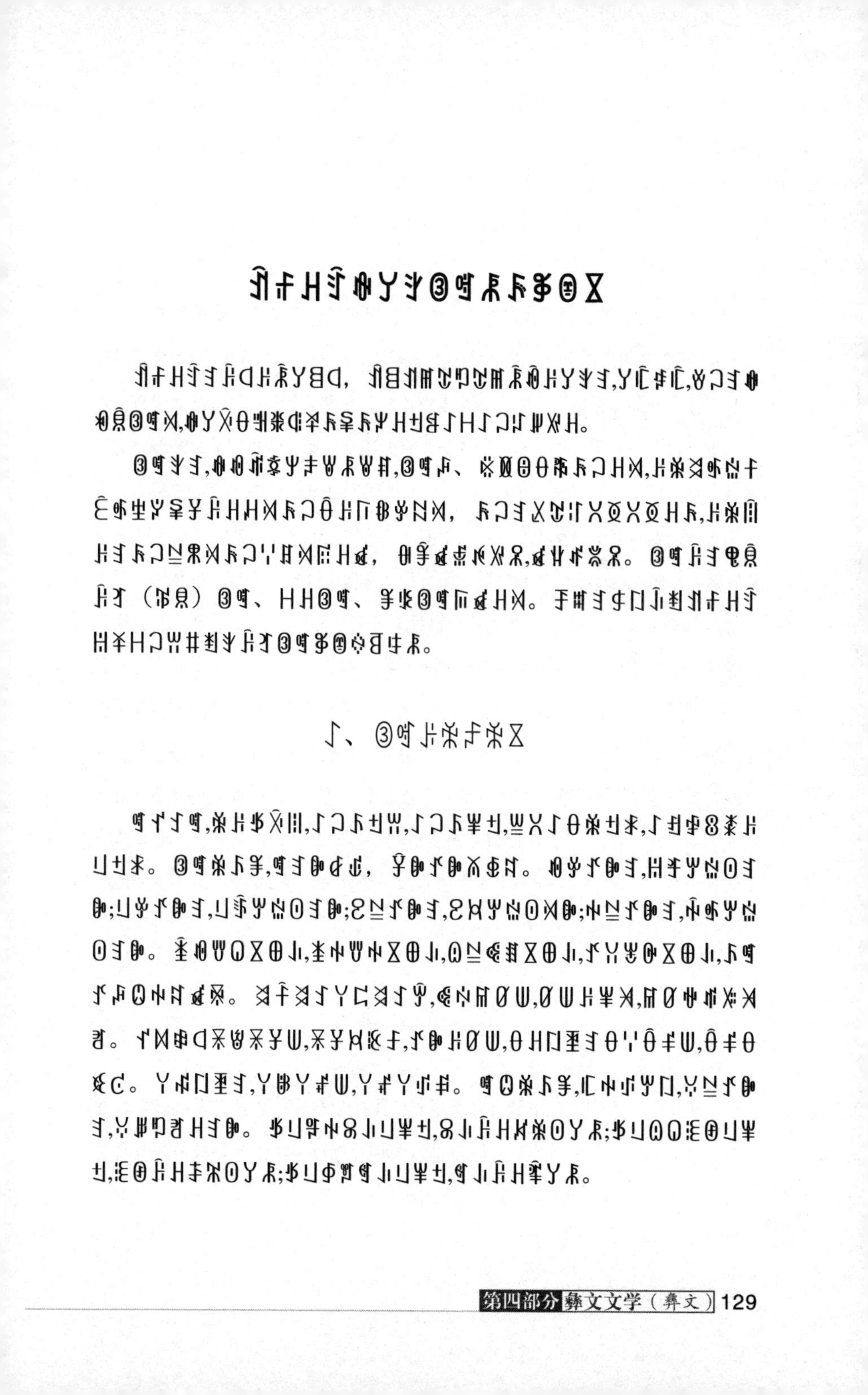

[illegible]

[illegible]

[illegible]

一、[illegible]

[illegible]

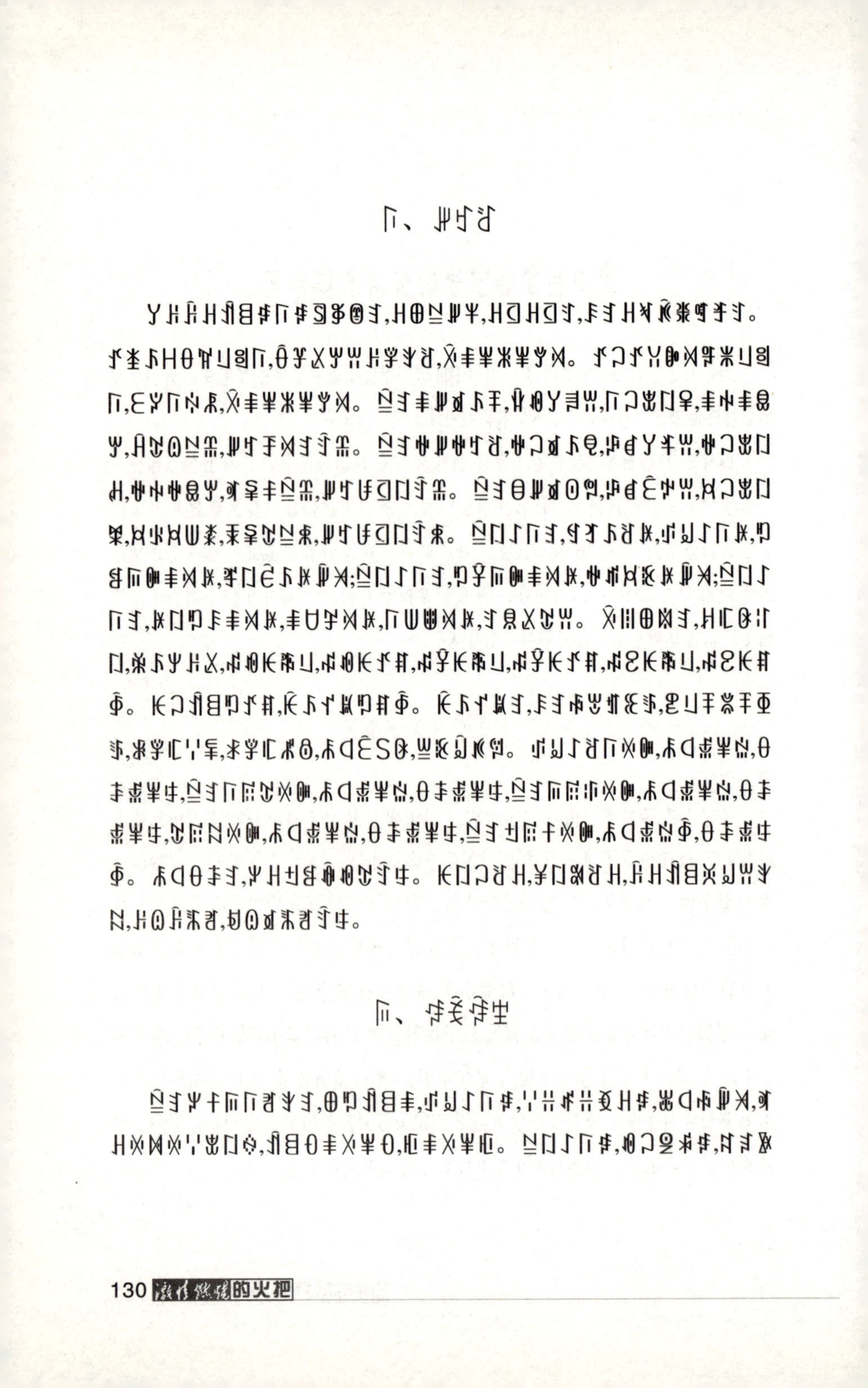

[illegible]

[illegible]

[illegible]

[illegible]

[illegible]

[illegible]

[illegible]

[illegible]

[illegible]

[illegible]

[illegible]

[illegible]

[illegible]

[illegible]

[illegible]

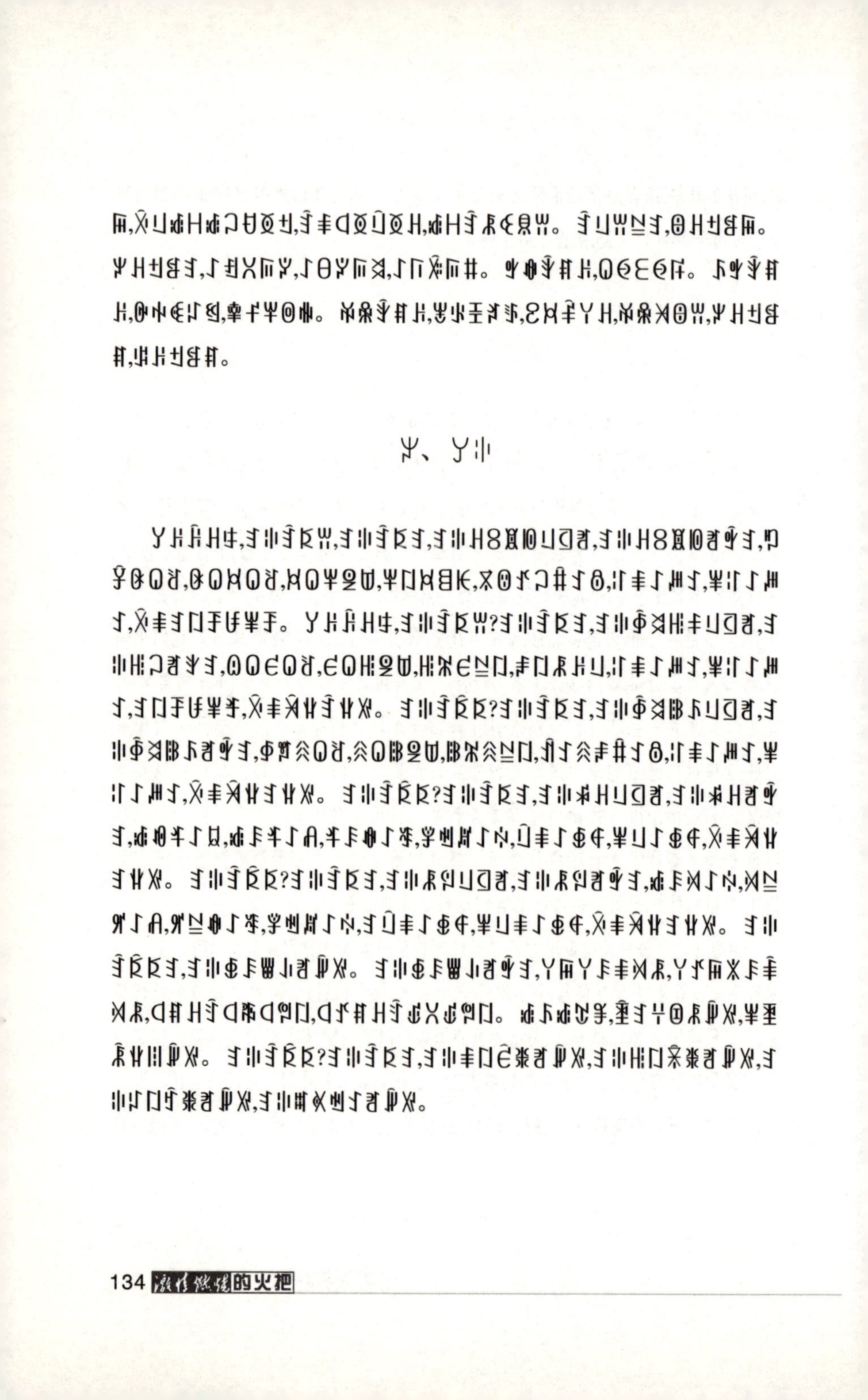

[illegible]

[illegible]

[illegible]

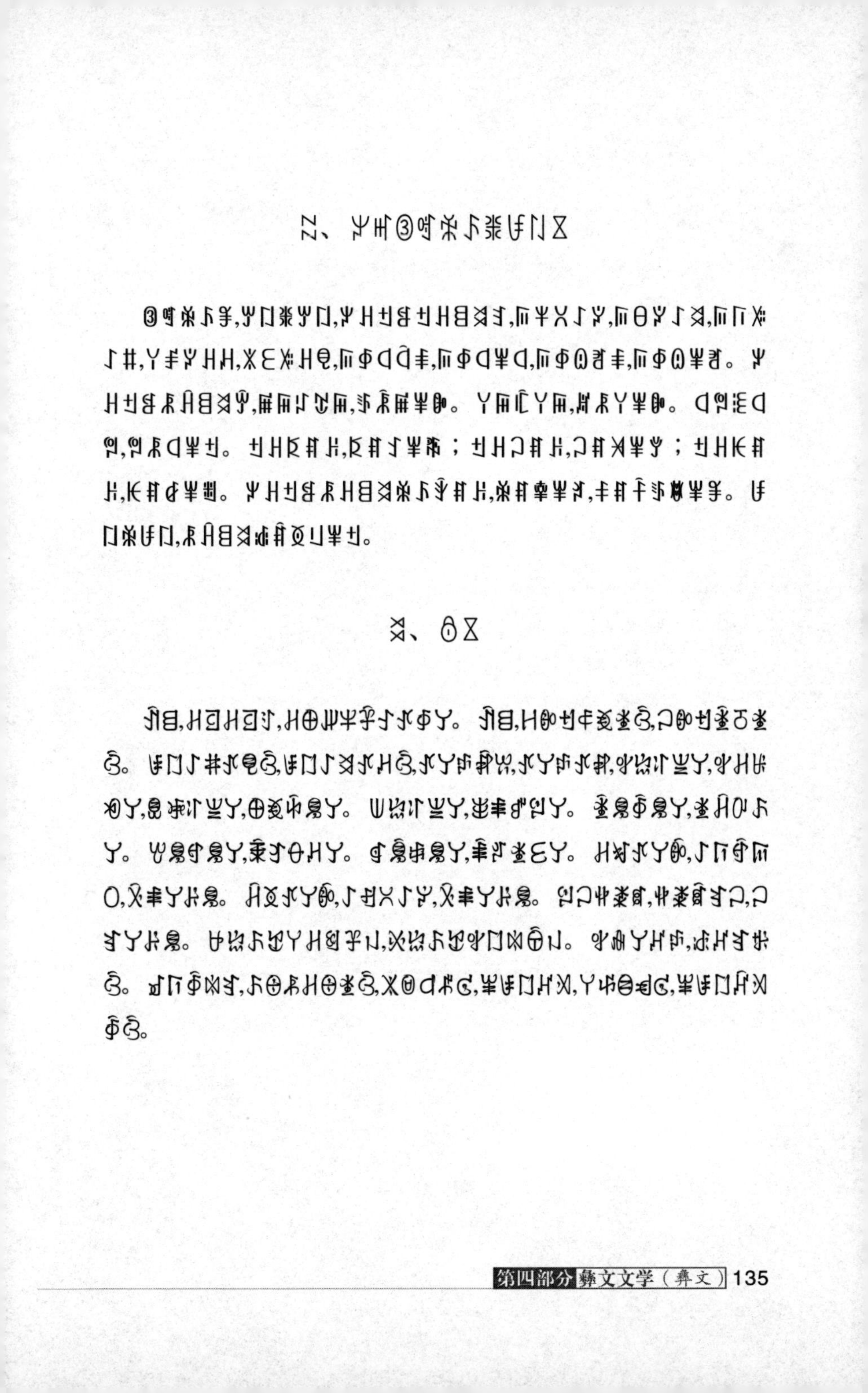

ꑍ、[illegible]

[illegible]

ꌕ、[illegible]

[illegible]

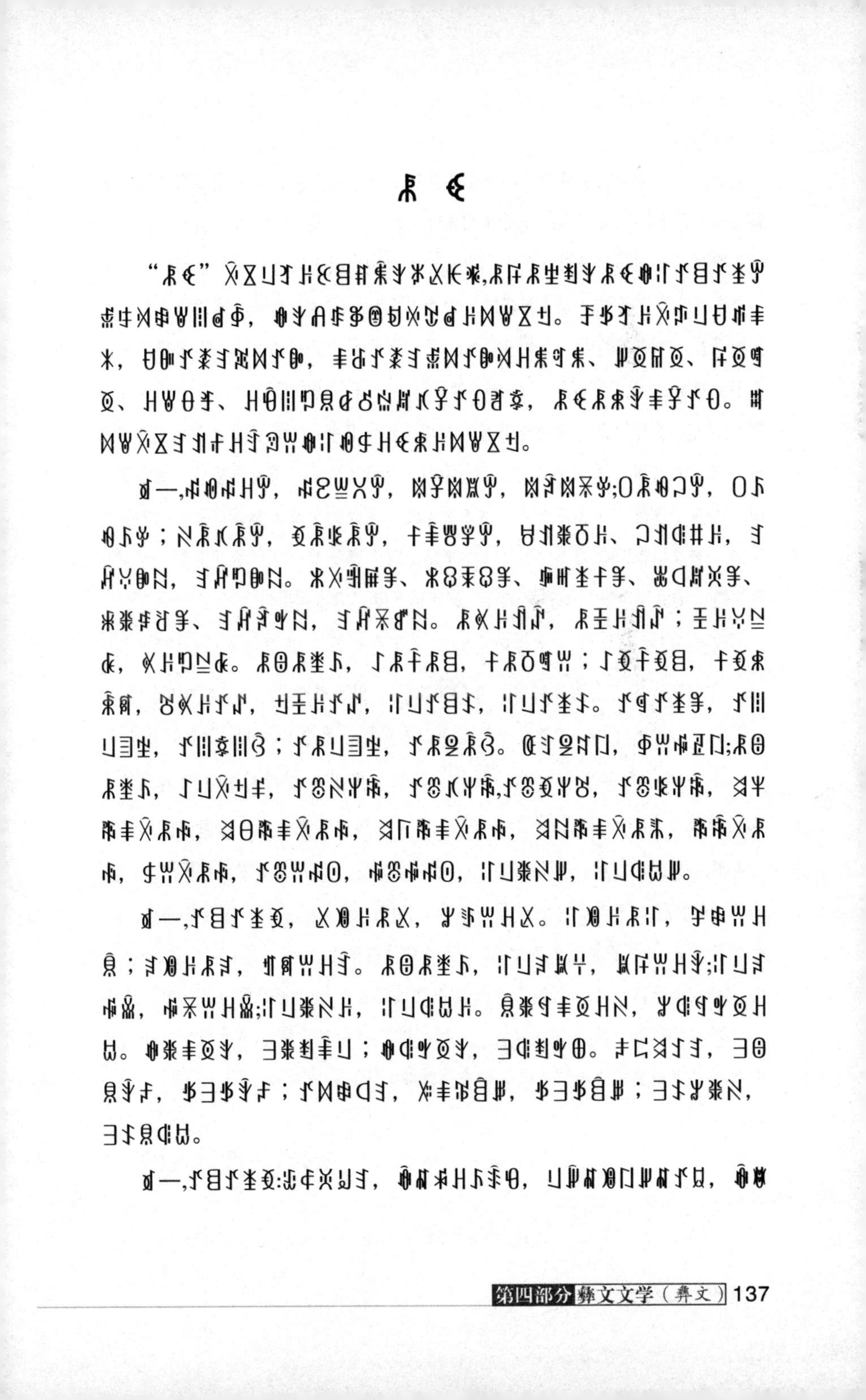

[illegible]

[illegible]

[illegible]

[illegible]

[illegible]

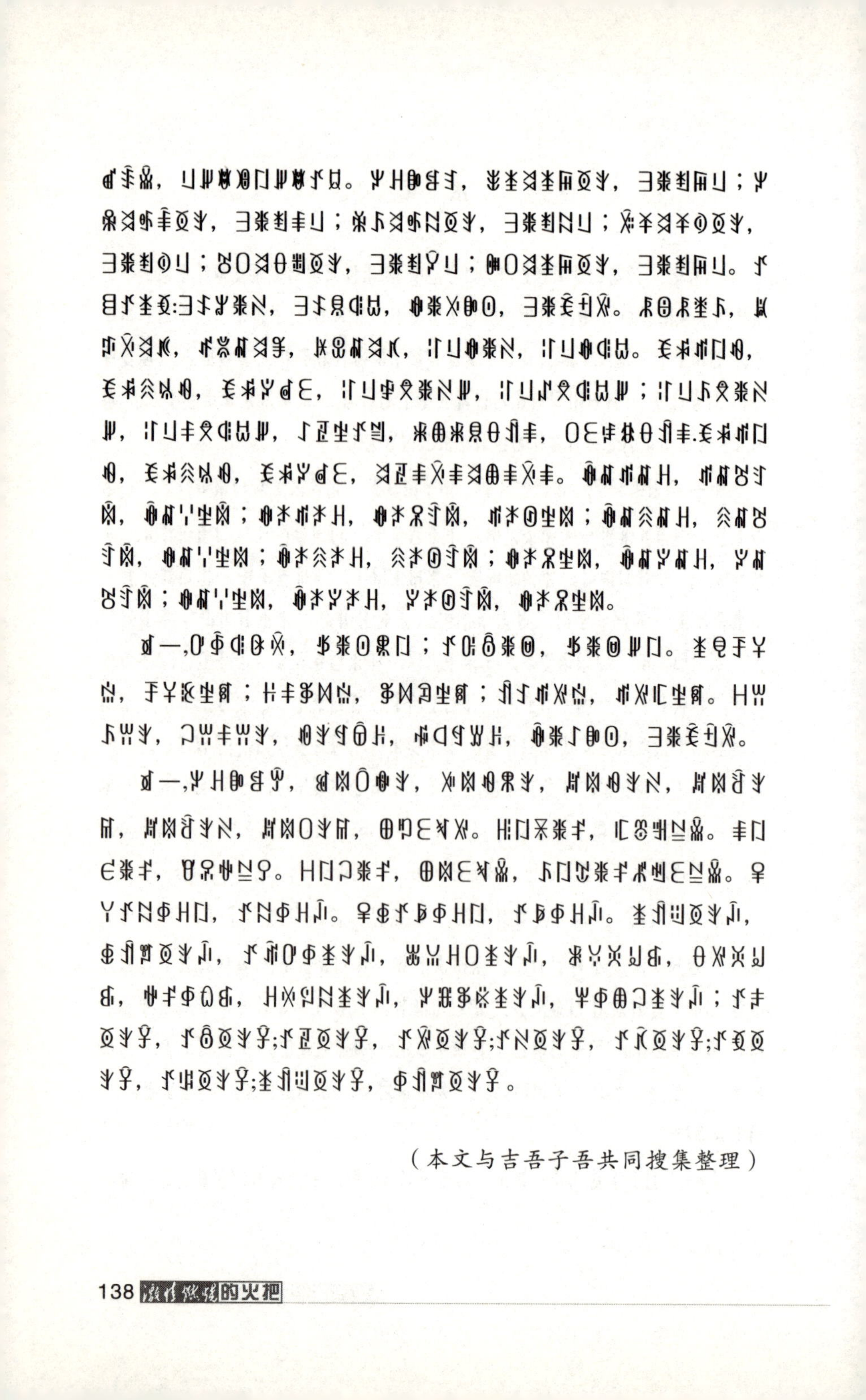

[illegible]

[illegible]

[illegible]

（本文与吉吾子吾共同搜集整理）

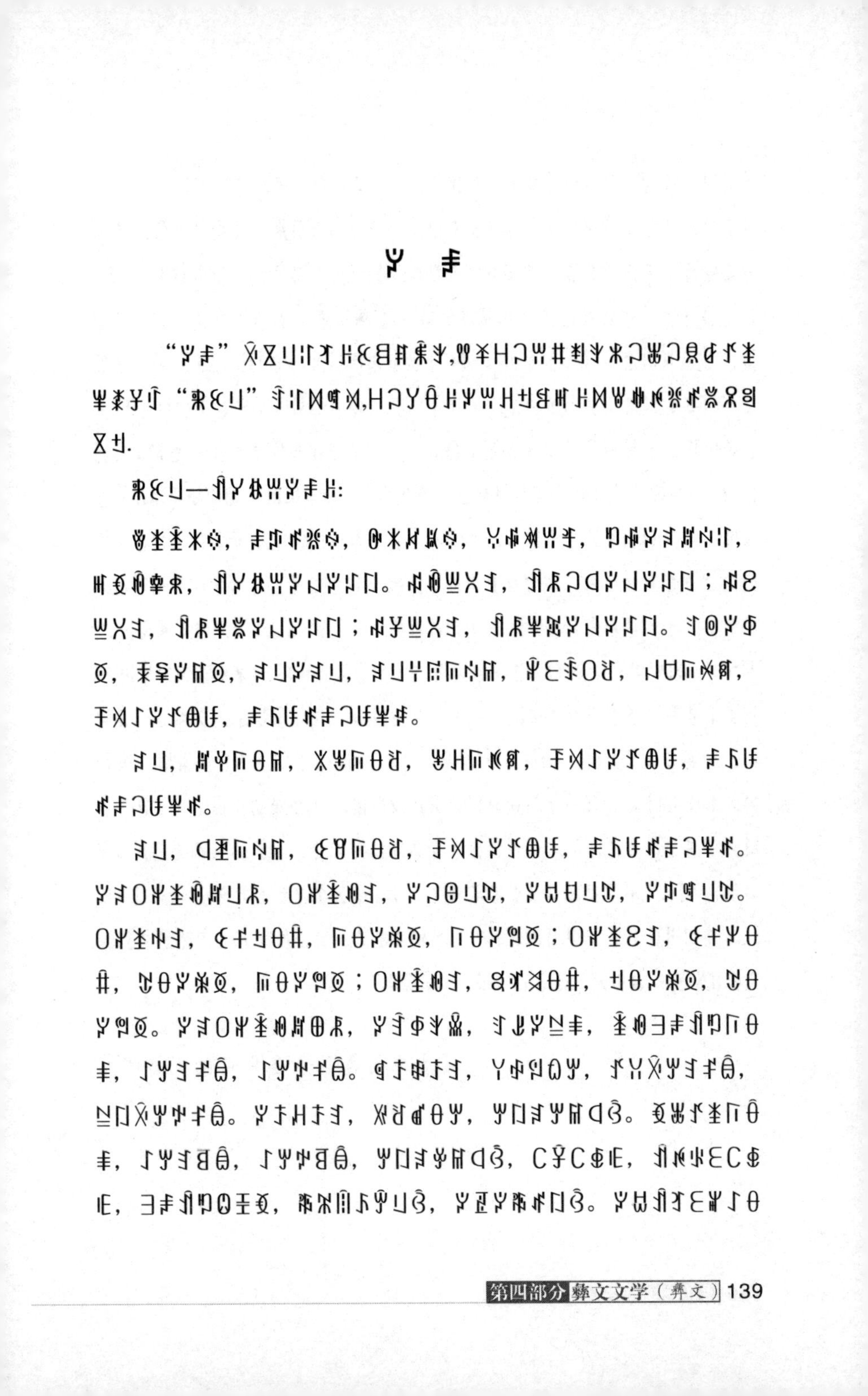

[illegible]

[illegible]

[illegible]

[illegible]

[illegible]

[illegible]

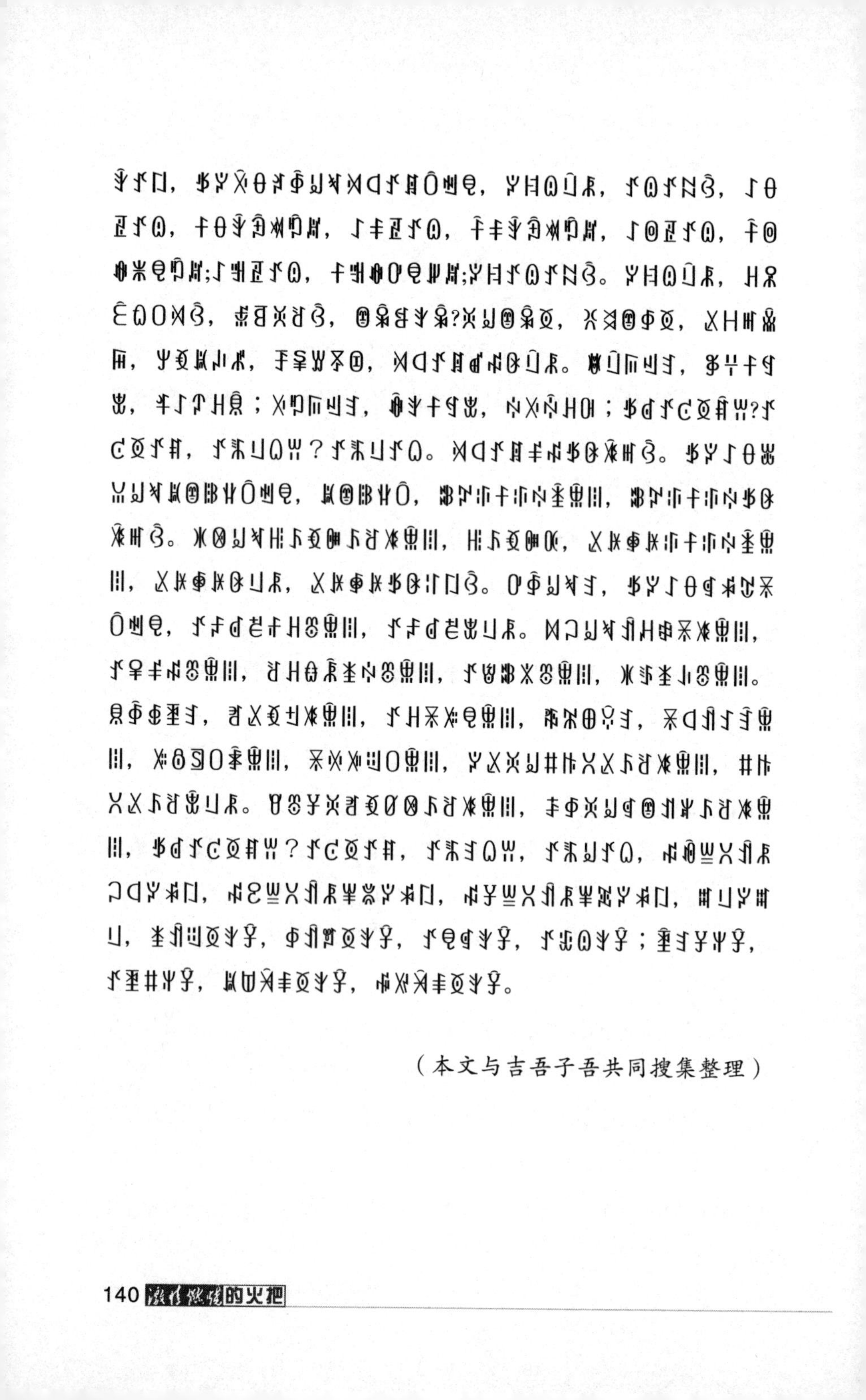

[illegible]

（本文与吉吾子吾共同搜集整理）

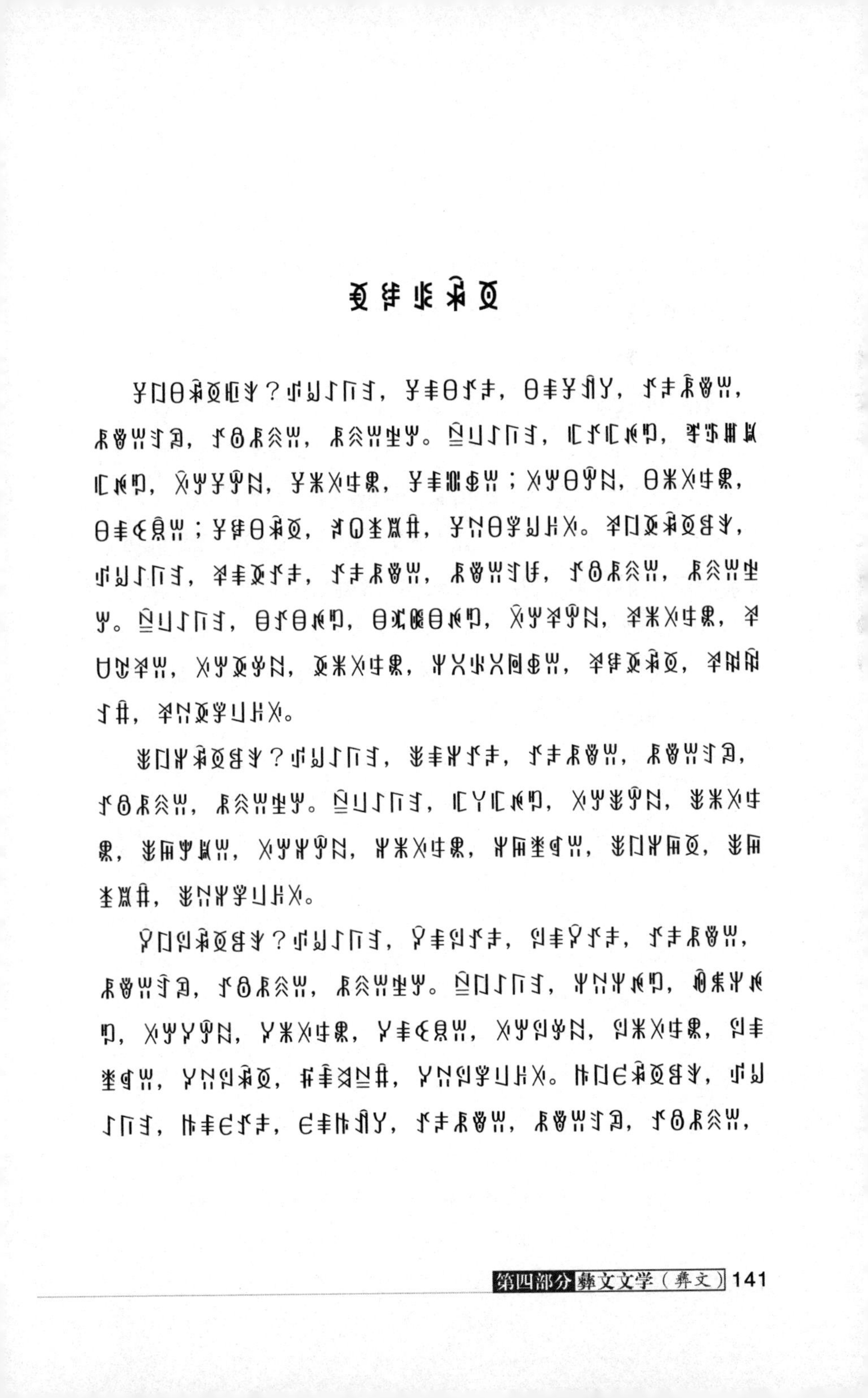

[illegible]

[illegible]

[illegible]

[illegible]

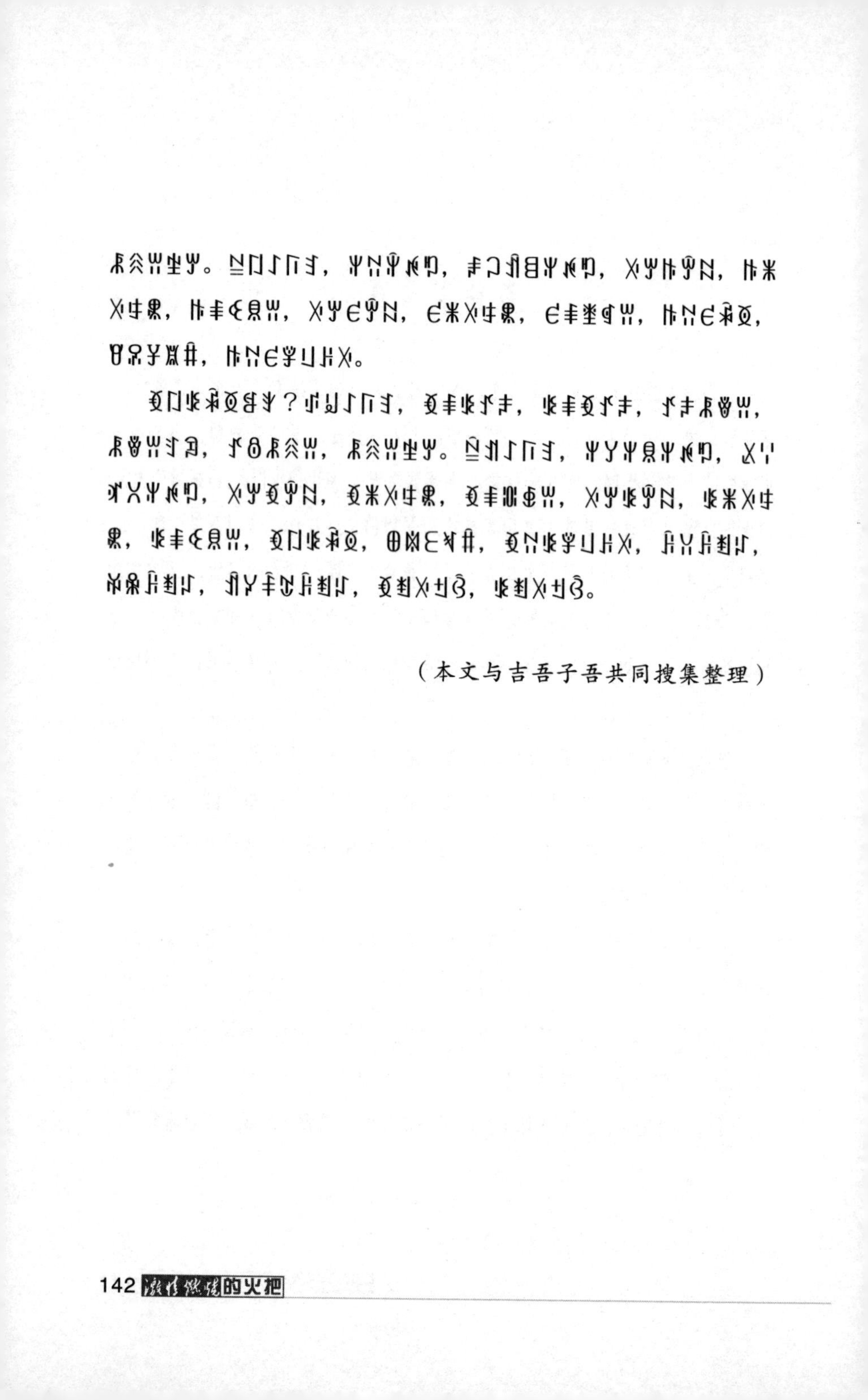

[illegible]

[illegible]

（本文与吉吾子吾共同搜集整理）

ꌺꉢꁧꐥꃀꉢꑭ

ꊿꃅꂶꂷꈬ，ꁯꄚꅍꌠꈬ，ꃅꊿꄸꐯꅉ，ꃅꂷꇐꊿꌠ；ꃅꂶꄸꐯꂶ，ꇁꑌ ꉢꂶꌠ；ꃅꁯꄸꐯꁯ，ꁯꐯꄸꁯꃅ，ꀋꁯꉢꁯꌠ；ꃅꑍꄸꐯꆈ，ꀋꇉꉢꆈꌠ。ꉢꆍꊿꂾꑟ，ꀉꃅꐞꃬꁯ，ꐞꇓꑳꈬꃒ；ꉢꂶꊉꃬꁯ，ꊉꑳꂶꐯꑳꈬꃒ；ꉌꐞꃅꊿꁯ，ꌠꃒ ꁯꐯꑳꈬꃒ。ꃅꁯꌋꊿꂷ，ꃅꑍꌋꊿꌠ。ꀉꇤꃅꈬꃅꌠꑟ，ꈬꑟꃣꀎꀊꉢꈬꇁ ꆀ，ꁯꑟꂾꇁꊿꑟꌠ，ꁦꑟꂷꇁꂾꑟꌠ。ꇇꇤꃅꄮꃅꌠꑟ，ꉢꌠꉢꇁꂶ，ꉢꃅ ꆈꂶꀎꀊꈬꇁꂶ，ꆈꂷꃅꊿꊿꌠ。ꂷꇐꌠꉢꌠꑟ，ꀋꂾꂶꄮꊿ，ꂷꌠꂷꌠ ꑟ，ꂶꂷꉢꇁꂾ；ꃅꌠꇐꌠꑟ，ꇁꄸꂾꐯꃅ。ꉢꁯꀋꁯꉢ，ꑟꃅꀋꑟ，ꂷꑠꇐꑟ，ꉢꂷ ꁯꂾꊿ，ꂷꊿꀋꆈꉢꌋꊿꂷ；ꌠꊿꌋꐯꂷꇐꊿꌠ；ꉢꂷꁯꂾꊿ，ꇇꃅꌋꐯꂾꑟꌠ；ꉢꊿꁯꂾꊿ，ꌺꀋꌋꅍꀋꌋꊿꌠ；ꃅꀋꁯꂾꊿ，ꆈꄸꀎꊿꌋꊿꌠ。ꀋꁯꂷꁯꑟ，ꃅꃀꇁꃅ ꌠ，ꇐꃀꐯꂷꌠ，ꌠꃅꌠꂷꁯꇁꂷ。

ꇁꆍꊿꊿꑟ，ꊿꂶꁯꂷꌋꑟ。ꆈꉢꑳꈬꌋ，ꆈꄸꇐꌋ，ꀉꃅꂷꈬꌋ。 ꀋꁯꑟꉢꆈ，ꀋꁯꑟꐯꁯ，ꊿꂶꁯꃀꀋꃀꇁꑟ。ꊿꉌꂷꉢꑟ，ꂷꌋꄸꃀ；ꃀꀋꃅ ꆈꃀꑟ，ꃅꁯꇐꃀꃀ；ꆈꉢꐯꁯꑟ，ꁧꁯꐥꃀꃀ，ꀋꁯꑟꁧꃀ，ꀋꁯꑟꐥꃀ。

ꉢꆍꊿꊿꑟ，ꂶꁯꂷꄸꁯ，ꂷꄸꀎꌋꊿ，ꂷꄸꌋꐯꂷ，ꂷꄸꌋꐯꐯ，ꂶꂷ ꇐꇁꄸ。ꂷꁯꃀꉢꂷ，ꃀꉢꌋꇐꆈ，ꃀꉢꌋꐯꐯ，ꃅꊿꌋꌋꌋ，ꀋꁯꂷꈬꑟ，ꁧꐥꃀꉢꑭ，ꃃꉢꇁꄸꐯ，ꃃꉢꂷꀋꁯ。ꂷꄸꇁꄸꁯ，ꂷꄸꂷꀋꁯ；ꁧꐥꇁꐥ ꐯ，ꁧꐥꂷꀋꁯ。ꆈꁯꂷꂷꇐꇐꊿ，ꇇꌋꆈꆍꃀ，ꂷꂷꂶꂶꃀꉢ，ꃃꉢꆈꊿ

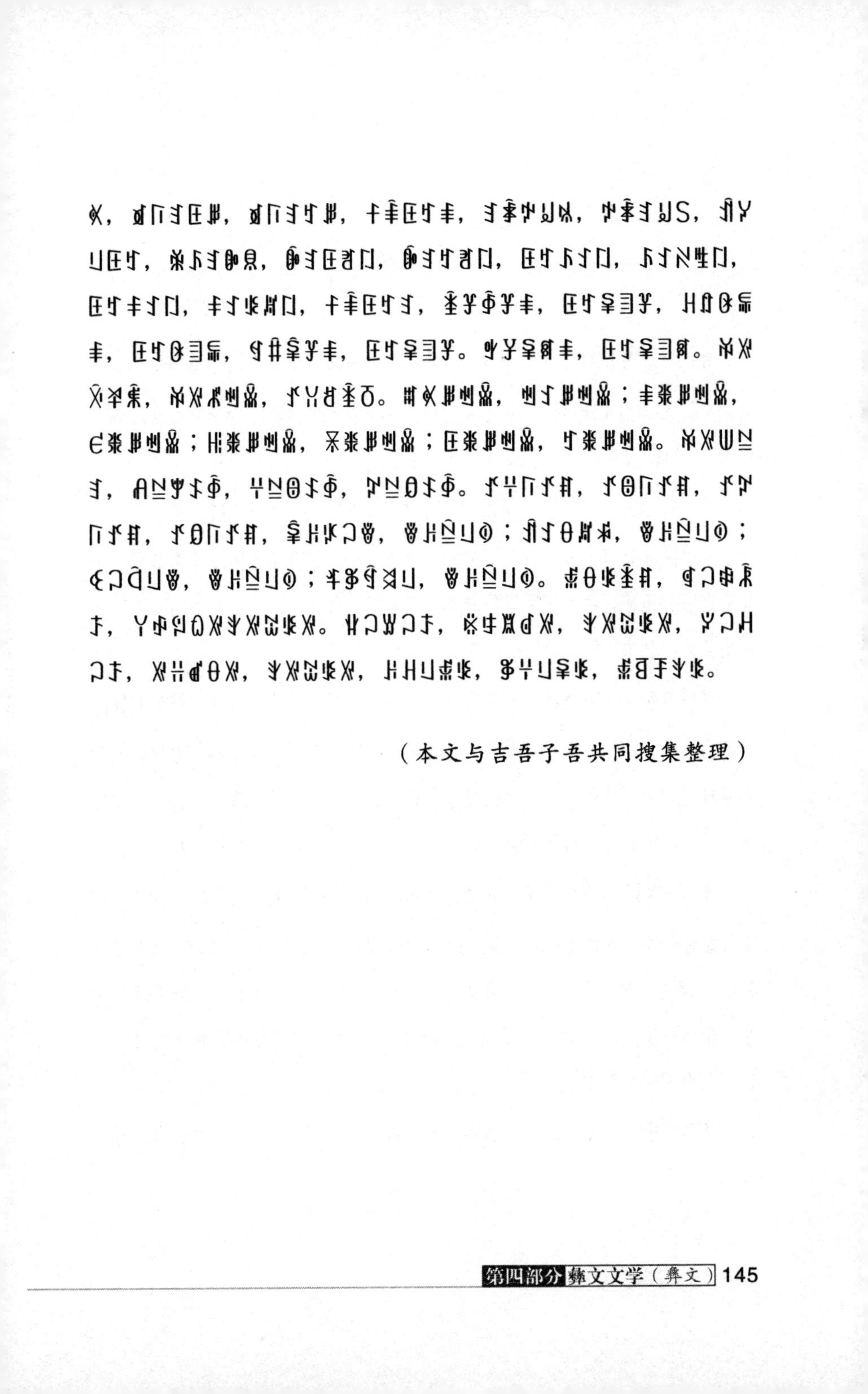

[illegible]

（本文与吉吾子吾共同搜集整理）

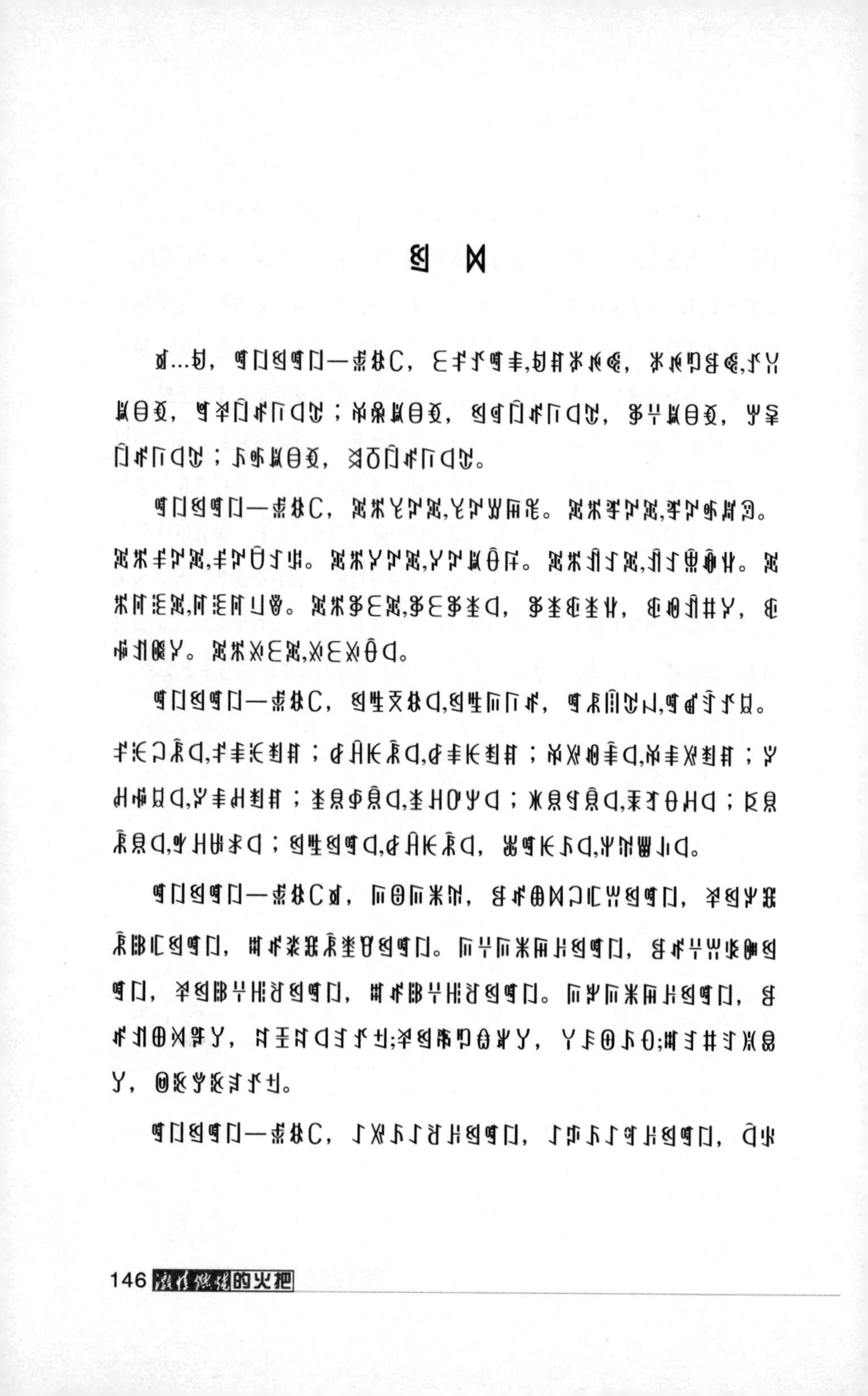

[illegible]

[illegible]

[illegible]

[illegible]

[illegible]

[illegible]

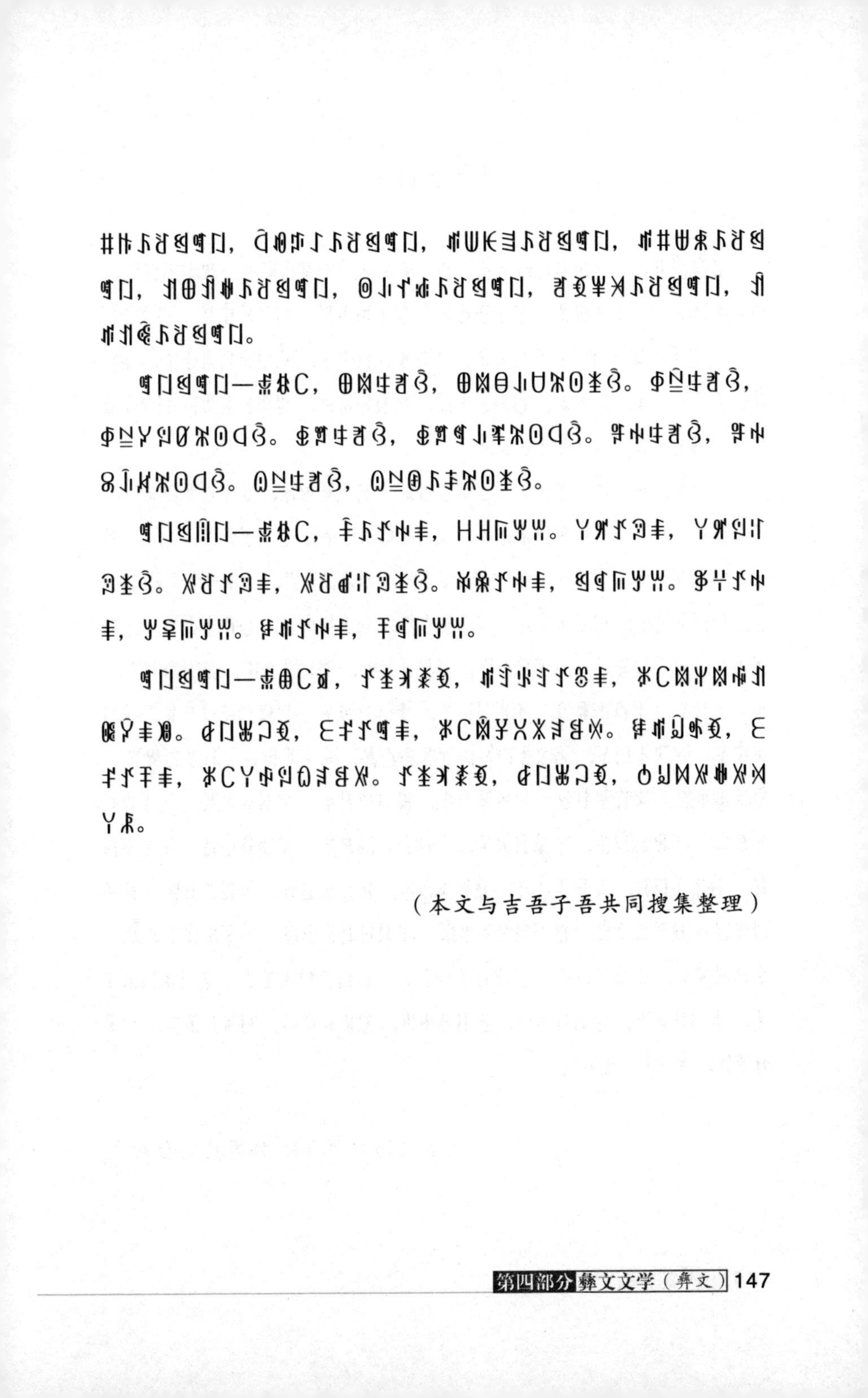

[illegible]

[illegible]

[illegible]

[illegible]

（本文与吉吾子吾共同搜集整理）

[illegible]

[illegible]

[illegible]

[illegible]

（本文与吉吾子吾共同搜集整理）